Du monde entier

Michèle L. –

DU MÊME AUTEUR

Aux Éditions Gallimard

EVA DORT

FRANCESCA MELANDRI

PLUS HAUT QUE LA MER

roman

Traduit de l'italien
par Danièle Valin

nrf

GALLIMARD

Titre original :

PIÙ ALTO DEL MARE

À ma tante Maria Teresa
experte en amour gratis

[...] Tous les dirigeants syndicaux le répètent, le terrorisme est objectivement l'allié le plus sournois du patronat. S'il n'est pas éliminé, il peut faire régresser de plusieurs décennies la force du mouvement ouvrier.

Extrait d'un article du *Corriere della Sera*
de Walter Tobagi, assassiné le 28 mai 1980
par la Brigade 28 mars

There's no empathy in Utopia.

JEREMY RIFKIN

θàλασσα κλὺζει πὰντα τἀνθρώπων κακὰ
(La mer lave tous les maux de l'homme)

EURIPIDE, *Iphigénie en Tauride*, v. 1193

UN AN AVANT

L'air épicé, ça non, ils ne s'y attendaient pas.

Ils avaient toujours pensé qu'ils arriveraient la nuit et d'ailleurs, quand on vint les prendre dans toutes les prisons d'Italie, le ciel était noir comme une carie. On les amena en Chinook, ta-ta, ta-ta, ta-ta, comme s'ils venaient tout droit du Vietnam et non de Praia a Mare ou de Viterbe. Des militaires hurlaient et des types blonds et rasés, muets comme des pierres, contrôlaient le déroulement de la manœuvre. Ils apprirent par la suite que c'étaient des Américains. Et ils ne s'en étonnèrent même pas.

La peur de mourir était bien là, et pourtant en entrant dans le ventre de l'hélicoptère ils avaient tous levé les yeux vers le ciel. Il était noir de nouvelle lune. On avait veillé à ça aussi en montant l'opération : qu'une mer claire ne révèle pas d'en haut les contours de la côte. Mais les agents secrets de l'impérialisme et du capitalisme n'avaient pas réussi à éteindre les étoiles qui étaient donc là, palpitantes et précises. Certains d'entre eux ne les avaient pas vues depuis des mois, d'autres depuis des années. Qui sait s'ils les reverraient un jour.

Ils avaient décollé depuis un moment lorsqu'un soldat en tenue de camouflage s'adressa à eux l'air jovial : « Maintenant on va ouvrir la trappe et on va vous apprendre à voler. » Comme s'il voulait donner raison à tous ceux qui disaient ces années-là : désormais, l'Italie c'est l'Amérique du Sud. Et puis ils ne jetèrent personne.

À l'arrivée, sur les quelques mètres qui séparaient l'hélicoptère du bâtiment blanc de la prison de haute sécurité, ils les rouèrent de coups de pied et de coups de bâton pour ne pas leur laisser le temps de comprendre où ils avaient débarqué. Mais là-dessus aussi ils avaient déjà leur petite idée. Depuis des semaines, le téléphone arabe carcéral signalait des va-et-vient d'ouvriers dans ce bâtiment bas au bout de l'Île, loin des petites prisons des détenus ordinaires, des bureaux de l'administration, de l'embarcadère, du village où vivaient les gardiens, de l'école et de l'église, et même du phare à l'écart sur son rocher – bref, loin de Dieu, des hommes et de tout. De plus, il y avait déjà un moment que l'information avait filtré jusqu'aux oreilles de certains parlementaires, ceux qui depuis des mois dormaient chaque nuit dans un endroit différent avec leur portefeuille et leur passeport toujours prêts sur la table de nuit : en cas de coup d'État militaire, c'est là qu'aurait lieu la déportation, ou plutôt la concentration des principaux opposants.

Ils les entassèrent dans une grande salle. Au début, ils n'eurent aucune nourriture, rien qu'un peu d'eau. Le troisième jour, ils avaient tous mal au ventre, les membres affaiblis, la tête lourde, mais ils comprenaient qu'être encore vivants après trois nuits passées là était une bonne chose. Une chose sur laquelle ils n'auraient jamais parié avant leur transfèrement, ou plutôt leur « traduction ». Le quatrième jour, on leur donna à manger. Certains, très enviés, purent de nouveau aller à la selle. La puanteur leur coupa la respiration, mais ils se consolèrent en pensant que les relents frappaient aussi les gardiens quand ils les surveillaient par l'unique œilleton. Au bout d'une semaine, on les emmena prendre une douche. L'eau était froide et coulait par à-coups, mais elle provoqua en eux une joie totale. On distribua des numéros, des uniformes, des cellules. La vie quotidienne commença dans la nouvelle prison à régime spécial. Bref, tout se passa plus ou moins comme ils s'y attendaient.

Mais l'air parfumé, non. Même le plus clairvoyant des chefs de commando, le plus expert des condamnés à perpétuité ne l'avaient pas prévu. Tandis qu'ils débarquaient des Chinook au milieu des hurlements et des coups de pied, l'Île les saisit de plein fouet par son arôme. Les cœurs sautèrent un battement, comme au souvenir d'un grand amour perdu. Les corps appauvris par la prison se remplirent de désir. Bon nombre d'entre eux restèrent immobiles près de l'hélicoptère, à se prendre des coups de poing et des coups de bâton, du moment qu'ils respiraient l'Île encore et encore.

Elle sentait le sel de mer, le figuier, l'hélichryse.

VISITES

L'Île n'était pas en pleine mer, mais c'était tout comme. Seul le Détroit, apparemment facile à traverser à la nage, la séparait de la terre ferme, qui était en fait une grande île. Les vents balayaient toutes les vapeurs, fumée et impuretés de l'air, et même les bouffées noirâtres de l'usine pétrochimique. Ainsi l'Île semblait très proche, presque au point de la toucher – mais c'était une illusion. Ce qui donnait cette netteté à son profil, c'était le souffle puissant de la Méditerranée qui, à partir de là, restait grande ouverte et vide jusqu'à Gibraltar. Le Détroit était parcouru de courants qui, en réalité, auraient rendu la traversée impossible même au plus vigoureux des nageurs.

Les embarcations non plus ne pouvaient sillonner facilement ce bras de mer couleur feuilles de vigne piquetées de vert-de-gris. Il était parsemé de rochers sous-marins qui pouvaient racler en traître la quille du bateau au creux de la vague. Quant aux bancs de sable, seule la sonde permettait de savoir où la dernière tempête de libeccio les avait poussés. Pour arriver sur l'Île depuis le port industriel, il fallait pointer la proue dans la direction opposée, vers le large. Au bout de plusieurs milles seulement, on pouvait tourner le gouvernail vers les deux hauteurs en forme de bosses de chameau. Et à ce moment-là, on ne voyait presque plus la raffinerie avec ses cheminées blanc et rouge tels de gigantesques bâtons de sucre candi.

L'Île n'était pas en pleine mer, mais elle semblait bien l'être. Tout comme moi, pensa Paolo. Et il eut l'impression d'entendre Emilia : *Cesse de voir des symboles partout. Les choses sont ce qu'elles sont, et c'est tout.* Sa voix têtue et sereine de jeune fille, de jeune épouse lui prenant la tête entre les mains et la posant sur sa poitrine. C'était avant que la douleur ne la brise et ne la lui prenne.

Paolo se pencha au-dessus du bastingage. Il regarda l'écume blanche créée par la rencontre du fer gris avec le bleu nuit de l'eau. Le sillage du bateau s'ouvrait en V sur une surface presque huileuse. Quand ils étaient encore à quai, après avoir débarqué du ferry et avant de monter sur ce bateau, Paolo avait entendu dire à un homme d'une trentaine d'années qu'un calme aussi plat ne promettait rien de bon. Il avait l'uniforme gris-vert d'un gardien de prison, mais des traits fins, de séminariste ou d'acteur. Une main sur son étui à pistolet, il surveillait la passerelle pendant qu'on la retirait comme pour s'assurer que personne ne montait en cachette. Paolo s'était demandé qui aurait bien pu vouloir s'embarquer clandestinement *vers* l'Île.

Les complices d'une évasion.

« Cette nuit, il y avait un halo autour de la lune. »

Le gardien au visage délicat parlait à un matelot qui tirait à bord le dernier cordage. Celui-ci avait aspiré l'air entre ses dents, comme pour minimiser les craintes des autres. En dialecte, ou peut-être dans une langue dont Paolo comprenait quelques bribes et dont il lui fallait deviner le reste, il l'avait informé que le commandant ramènerait sûrement le bateau à temps. Son fils arrivait aujourd'hui d'Amérique, et donc pas question de rester bloqués sur l'Île par la tempête.

À présent, Paolo regardait la mer. Pendant un moment, il oublia qui il était, où il allait et surtout pourquoi. Ses yeux se reposèrent sur l'eau qui l'entourait. Elle était plate comme avant mais plus sombre, maintenant qu'un voile s'était épaissi devant le soleil.

Lisse comme une étoffe précieuse, comme de la soie.

La comparaison le ramena à lui-même – c'est ce que font les pensées – et ce court instant d'oubli providentiel cessa. Il leva les yeux. Ce bateau n'était pas une navette publique. L'accès à l'Île était interdit à ceux qui n'avaient pas une raison valable. Qui du reste était seule et unique.

Chaque fois que la conscience de soi lui revenait, elle pesait sur sa poitrine comme une pierre tombale. Paolo expira longuement, la bouche ouverte, comme s'il devait se libérer d'un grand poids. Depuis combien d'années laissait-il échapper ces soupirs incontrôlés, sonores, pas tout à fait des gémissements mais un peu plus que des bruits de respiration ? Même quand il était avec d'autres personnes, devant les étals du marché, dans la queue à la poste, à table chez sa sœur. La réponse n'était pas difficile : trois ans, six mois et quelques jours.

Une Africaine était assise sur un banc métallique blanc rouillé sur le pont de proue. Elle regardait fixement devant elle, un vrai profil de médaille. Ses vêtements paraissaient sortis au hasard d'une malle, peut-être du dépôt d'une association caritative. Et pourtant, même sous son manteau informe, trop lourd pour le climat encore doux, qu'elle tenait fermé de ses très longs doigts aux ongles roses parfaits, c'était une pure beauté. Mais le savait-elle ?

Les autres passagers, en majorité des femmes, étaient presque tous sous le pont, dans le grand salon du bateau équipé d'inconfortables bancs de bois. Chacun d'eux tenait un paquet, enveloppé dans un carton, dans de la toile de jute ou dans de grands sacs en plastique, évidemment pas une valise. Quelque chose qui ne reviendrait pas en arrière, de l'endroit où ils allaient.

Sur le pont, il n'y avait que l'Africaine, Paolo et une blonde qu'il lui semblait avoir déjà vue. Elle pouvait avoir trente ou cinquante ans. Elle faisait penser à une de ces femmes qui, à douze ans, sont capables de s'occuper de leurs petits frères, de faire la soupe, de repasser, et qui, à vingt ans, ont la tranquille efficacité de l'âge mûr. Elle n'était ni lourde ni grosse, au contraire, elle avait le corps tonique et musclé de celles qui le sollicitent beaucoup. Avait-elle été une athlète dans sa jeunesse ? Elle portait des vêtements qui étaient sans doute ce qu'elle avait de mieux, même s'ils étaient froissés par un voyage probablement déjà long avant de franchir ce dernier bras de mer. Paolo se rappela où il l'avait vue : la veille au soir, à l'embarquement à bord du ferry qui les avait amenés sur la grande île. Il ne l'avait pas revue depuis. Du reste, il était entré dans sa cabine pour n'en sortir qu'à l'aube, au moment d'accoster dans le port près de la raffinerie.

La femme était maintenant debout à l'avant, les mains sur la rambarde, la bouche entrouverte. Elle ne quittait pas la mer des yeux, les écarquillant d'une façon presque enfantine.

Paolo en fut certain : *C'est la première fois qu'elle voit la mer.*

*

Sur le pont à l'avant du bateau, les bancs étaient au nombre de six, trois de chaque côté.

Les rambardes avaient sept balustres en fer qui soutenaient deux tubes horizontaux plus une rampe.

Les cellules pour le transport des détenus – huit – se trouvaient dans le pont inférieur, invisible à Luisa qui, ignorant donc leur existence, ne les compta pas.

Les choses n'allaient pas si mal, Luisa se le disait souvent. Ou du moins, elles auraient pu aller pire. Elle en avait entendu des histoires. Comme celle de cette malheureuse à qui l'administration pénitentiaire avait refusé une visite, soutenant qu'elle avait déjà épuisé celles du trimestre : et c'est ainsi qu'elle avait découvert que son mari, avec la complicité des autorités, faisait passer une autre femme pour son épouse légitime, pendant qu'elle, la vraie, élevait seule ses cinq enfants. Ou bien comme une femme à Voghera, assise juste à côté de Luisa à la longue table du parloir, à qui son mari avait jeté à la figure la paire de pantoufles qu'elle lui avait tricotée, en hurlant : « Je n'ai pas besoin de chaussons, j'ai besoin de sortir ! »

Il s'en passait de belles pendant les visites en prison. Les femmes des détenus pleuraient beaucoup au retour, bien plus qu'à l'aller, et pas seulement de nostalgie. Mais ce genre de choses horribles n'était jamais arrivé à Luisa au cours de toutes ces années (neuf ans et dix mois) et elle se le répétait : *J'ai de la chance.* Son mari acceptait ses paquets d'un signe de tête et il disait même souvent merci.

Parfois, derrière la table des parloirs, Luisa avait même retrouvé le visage dont elle était tombée amoureuse lorsqu'il l'avait invitée à danser la première fois et qui avait bien vite disparu après leur mariage. Ce visage ne lui était revenu que bien des années plus tard, quand elle allait le voir avec un des enfants.

Il venait juste d'être condamné définitivement quand Irene, son avant-dernière fille, de retour de son premier jour d'école, déclara qu'elle avait compris une chose : son père était mort. La maîtresse lui avait dit : « Ton papa n'est plus là. »

Depuis lors, chaque fois qu'elle le pouvait, Luisa essayait d'emmener les enfants avec elle aux visites. Tous les cinq ensemble, c'était impossible, mais au moins un ou deux, à tour de rôle. On n'en était pas encore à la sale histoire de Volterra et son mari n'était pas encore dans une prison spéciale, de celles avec une vitre et un interphone, et il pouvait même prendre ses enfants dans ses bras.

La présence des petits dans le parloir attendrissait les gens, les rendait moins amers. Les autres détenus et les visiteurs aussi, et même les gardiens : à un moment ou à un autre, ils souriaient tous à la vue d'un enfant dans les bras de son père. Un jour, un compagnon de cellule de son mari avait appris à leur fils cadet, Luca, à fabriquer de petits boomerangs en papier. Cet homme imposant, aux mains grandes comme des battoirs, lui avait montré comment les lancer en l'air d'un claquement délicat. Les petites virgules en papier volaient à travers la salle en tournant comme des pales d'hélicoptère au-dessus des têtes rapprochées par les conversations, devant les fenêtres à barreaux, au-dessus des vieilles tables, pour revenir ensuite comme des toutous vers leur maître.

Luca avait cinq ans. Pendant des jours, de retour à la maison, il ne parla que des boomerangs et de leur constructeur. La fois suivante, il exigea d'accompagner encore Luisa, bien que ce fût le tour de Ciriano, et il passa de nouveau tout le temps de la visite à lancer des petits bouts de papier avec ce même détenu. Son père n'intervint pas dans le jeu, il le buvait des yeux en silence, les lèvres détendues dans une ébauche de sourire, les pupilles dilatées comme pour les imprégner le plus possible de l'image de son fils. Luisa reconnut le regard qu'il lui avait adressé pendant leur première danse, avant leur mariage, avant qu'elle commence à se cogner la tête sur les coins du buffet, avant tout le reste.

Au moment où elle allait partir avec Luca, le détenu s'adressa à elle : « Soyez tranquille. Moi, je ne ferais jamais de mal aux enfants de mes amis. »

Luisa ne comprit pas ce qu'il avait voulu dire. Elle le demanda plus tard à son mari, qui lui expliqua que cet homme avait été condamné parce qu'il avait fait de vilaines choses avec des enfants. Pourtant ici, au parloir, personne ne lui avait vu faire quoi que ce soit de moche, au contraire, tous les enfants en visite demandaient toujours de ses nouvelles.

Après l'affaire de Volterra et sa deuxième condamnation, le mari de Luisa était allé dans des prisons trop éloignées et difficiles pour qu'elle y amène ses enfants. Et elle ne lui avait plus revu ce visage – pensif, serein, attendri, ouvert.

Elle voyageait depuis bientôt presque vingt-quatre heures, mais elle n'était pas fatiguée. Sur le ferry, elle avait dormi dans un fauteuil du salon, la tête sur le paquet posé sur ses genoux, qu'elle apportait à son mari. Avant de partir, elle s'était réveillée à deux heures du matin pour traire les vaches ; elle voulait épargner un peu de travail aux trois grands, afin que les deux petits puissent aller à l'école sans problèmes. Elle avait aussi de la chance que ses enfants aient grandi. Ce n'étaient plus des petits comme au début, quand Anna, l'aînée, n'avait que onze ans, Luca deux et les trois autres au milieu. Maintenant, le plus jeune de la maison avait l'âge qu'avait alors la plus grande, qui avait aujourd'hui vingt ans. Vingt ! Deux ans de plus que Luisa quand elle s'était mariée…

La voilà, encore en train de faire des calculs. Compter, toujours compter. C'était plus fort qu'elle. Elle comptait tout le temps, surtout avant de dormir. Elle comptait les litres de lait livrés le matin à la Centrale ; les semaines qui restaient avant la mise bas d'une vache ; l'âge qu'avait chacun de ses enfants la nuit où les carabiniers avaient emmené leur père. Elle comptait les chiffres sur le compteur pour comprendre où il était possible d'économiser, même si les enfants savaient qu'ils ne devaient pas allumer la lumière jusqu'au moment où il faisait si noir qu'ils se cognaient presque dans les murs. Elle comptait les mensualités de la machine à laver et elle recomptait l'argent à encaisser. Comme ce jour où un boucher était venu lui acheter un veau et qu'elle avait tout de suite vu qu'il ne lui avait pas donné la somme convenue. Et elle savait pourquoi : les gens pensent qu'une femme sans mari est plus facile à rouler. Mais elle avait compté et recompté les billets, puis calme et glaciale elle lui avait réclamé ce qui manquait, sans quoi il n'aurait pas chargé le veau dans son camion. L'homme avait fait semblant de s'être trompé, d'avoir fait une erreur de calcul. Tu parles. Il ne l'aurait sûrement pas faite s'il avait su que Luisa comptait aussi les lames de bois des bancs sur le parvis (huit) et les pas entre la porte de sa maison et le fenil (vingt-six).

Quelquefois, tous ces chiffres dansaient dans sa tête en pleine nuit et l'empêchaient de dormir. Pour les chasser, Luisa imaginait la chaude respiration des vaches, leurs mamelles blanches en velours, l'odeur de présure, de fumier, de foin et de bois qui l'accueillerait dans l'étable. Et elle se disait qu'elle allait bientôt pouvoir se lever, enfiler son tablier et ses bottes en caoutchouc et commencer enfin à traire. Les yeux grands ouverts dans le noir, elle attendait cette heure-là avec impatience, comme on attend un rendez-vous avec son bien-aimé.

Il n'y avait qu'une seule chose que Luisa ne comptait pas : les années de prison qui restaient à son mari. Aussi parce que l'avocat lui avait dit que le chiffre effrayant prononcé par le juge à Florence, et confirmé ensuite en appel, ne signifiait pas grand-chose. Et, avec ce que son mari avait fait dans la prison de Volterra, on avait bien vu qu'il s'agissait d'un chiffre glissant comme une pente mouillée : en un instant pouvaient s'ajouter des années, des décennies, des vies entières. Non, compter la durée du jugement aurait été une perte de temps. Et Luisa n'avait vraiment pas de temps à perdre.

Aujourd'hui non plus, même si ses enfants avaient grandi. Maintenant, Luca donnait un coup de main lui aussi, c'était lui qui ramassait les œufs dans le poulailler et qui donnait l'herbe aux lapins. Et les deux plus grands, Anna et Ciriano, savaient désormais s'occuper tout seuls de la maison et de l'étable, s'il le fallait.

Oui, Luisa avait de la chance et elle se le disait. Souvent. Cinq beaux enfants, gentils, bien élevés, habitués à ne pas ménager leur peine. Au village, certaines femmes qui avaient un mari à la maison l'enviaient pour ça. Le jour où Ciriano avait passé son permis pour conduire le tracteur, elle avait pleuré de joie. Depuis bientôt dix ans, elle montait sur cet engin bruyant et puant le mazout. Quand on était dessus, il n'y avait rien d'autre à faire que de se mettre à compter : les sillons déjà labourés, ceux encore à tracer, les mètres restants avant le prochain tour. Au bout d'une journée entière de va-et-vient dans le champ, aller et retour, aller et retour, comme un hamster dans sa cage, Luisa descendait le dos moulu par les vibrations, la tête vidée par le vacarme et l'ennui, le visage noirci par les gaz d'échappement rabattus sur elle par le vent. Et le dîner encore à préparer, le linge à rentrer, les vêtements à raccommoder. C'était l'heure où son homme lui manquait le plus. Plus qu'à table avec son assiette en moins, plus que la nuit dans le lit qui, ainsi vide – mais ça, elle ne le dirait jamais au grand jamais à personne –, était plutôt un soulagement pour elle. C'était sur le tracteur que Luisa souffrait le plus du manque de mari. Aussi, lorsque son fils Ciriano avait eu son permis, elle avait pleuré de bonheur.

Elle avait demandé le mardi comme jour de visite à l'administration pénitentiaire : savoir qu'en son absence les enfants étaient à l'école lui donnerait moins de soucis. La veille c'était lundi et elle avait promis à Anna qu'elle serait rentrée à la maison le mercredi soir.

Elle avait passé le samedi précédent à faire la cuisine. Les deux petits, Irene et Luca, l'avaient aidée, ils avaient préparé tous les deux les raviolis. Ils en avaient fait une grande quantité pour que son mari puisse en donner aux autres détenus. Il n'avait jamais été facile pour lui de se faire des amis, même quand il était jeune, même quand il était libre, alors maintenant… Pouvoir partager les plats de chez lui avec ses compagnons de cellule l'aiderait peut-être.

Cent cinquante-trois. Ils avaient mis à sécher les beaux gros raviolis sur la table de la cuisine. Quelques heures plus tard, Luisa les avait mis un par un dans une boîte en carton, les saupoudrant de farine de semoule et séparant les couches avec du papier huilé pour qu'ils n'attachent pas. Luca les avait regardés tristement disparaître dans la boîte pendant qu'elle la refermait d'un geste sec.

« C'est pas juste », avait dit Irene.

Luisa avait levé les yeux. De ses trois filles, c'était celle qui lui donnait le plus de soucis, toujours en train de bavarder avec ses amies et guère intéressée par son brevet qu'elle devait passer cette année. Elle avait les cheveux noirs de son père et des yeux qui semblaient en quête de quelque chose. Elle aidait à la maison, mais seulement si on le lui ordonnait, alors qu'Anna et Maddalena comprenaient toutes seules ce qu'il y avait à faire.

« Tu le sais qu'ils sont pour ton père, avait répondu Luisa.

— Il a de la chance. » Et Irene était sortie de la cuisine avec la parfaite impertinence de ses quatorze ans.

Luisa était restée la boîte entre les mains, la gifle non donnée fourmillant au bout de ses doigts.

La veille, après avoir trait les vaches avant l'aube, elle avait préparé le petit-déjeuner pour tout le monde et mis le linge dans la machine à laver (mensualités encore à payer : dix-neuf). L'avant-veille, elle avait déjà bouclé le paquet pour son mari en prison, ainsi que son sac contenant quelques affaires pour le voyage. Elle était sortie de chez elle alors que le ciel était encore noir et que pas un seul coq ne chantait, pas même le coq impatient des voisins qui annonçait toujours l'aube au moins une heure avant. Elle avait traîné au bord de la route le bidon de métal avec le lait encore chaud, prêt pour le ramassage matinal du camion-citerne de la Centrale. Puis, le paquet sous le bras et son sac en bandoulière, elle s'était dirigée vers la place du village où, à 5 h 03 les jours ouvrables, passait le car pour le chef-lieu. De là, elle prendrait plusieurs trains, comme tant d'autres fois. D'abord pour suivre les procès et ensuite pour les visites, Luisa s'était rendue dans des villes qu'elle avait étudiées au cours de géographie à l'école primaire (Florence, Milan) et dans d'autres dont elle n'avait jamais entendu parler jusque-là

(Fossombrone, Voghera). Mais cette fois-ci, elle devait aller encore plus loin.

Ils avaient mis son mari dans une prison de type différent. Spéciale. On en avait créé plus d'une, car en Italie, disait-on, il y avait une sorte de guerre civile et les détenus politiques étaient considérés comme des prisonniers ennemis. Luisa ne le savait pas, mais ce même bateau sur lequel elle se trouvait maintenant portait le nom d'une des victimes de ce conflit armé : un gardien tué au cours d'une révolte dans un pénitencier quelques années plus tôt. Et depuis qu'on avait enlevé et assassiné un homme politique important l'année précédente, la vie était devenue encore plus dure dans ces prisons.

Son mari n'avait rien à voir avec cette guerre qui remplissait les premières pages des journaux, mais lui aussi avait tué un agent carcéral. À coups de pied et à coups de poing. Quand ses collègues avaient réussi à le dégager, ils avaient eu du mal à croire qu'on pouvait réduire un homme à cet état-là, à mains nues et en aussi peu de temps.

Le gardien était mort trois jours plus tard. C'est pour ça qu'on avait mis le mari de Luisa sur une île. Car si l'on veut garder quelqu'un vraiment à l'écart du reste du monde, il n'y a pas de mur plus haut que la mer.

Ainsi Luisa, en plus de l'angoisse, de l'incertitude, du mélange d'émotions avec lesquelles elle s'apprêtait à entreprendre les longs voyages qui la conduisaient devant son mari – émotions sur lesquelles elle évitait de s'attarder –, avait éprouvé en partant une nouvelle sensation impossible à avouer. Une excitation, une anticipation.

Elle n'avait jamais vu la mer.

*

La nuit précédente, la lune avait un halo. L'agent carcéral, Nitti Pierfrancesco, l'avait bien vu quand, comme tous les soirs où il n'était pas de garde, après avoir dîné et mis les enfants au lit, il était allé faire quelques pas au bord de l'eau avec sa femme. Ou plutôt, c'était elle qui le lui avait fait remarquer ; car, pour sa part, lorsqu'ils marchaient le long de la plage qui soulignait la ligne de la baie telle une virgule blanche, il avait l'habitude de regarder les lumières sur la côte lointaine plus que le ciel.

Combien de fois ne les avait-il pas regardées, ces lumières, jeune agent de moins de vingt ans, célibataire, envoyé sur une île dont jusque-là il connaissait à peine l'existence. En y repensant maintenant, il avait envie de rire : à cette époque, la vie sur la terre ferme, les filles, les sorties en voiture avec ses collègues après le service, les bars, bref la jeunesse qu'il sentait en lui malgré l'uniforme, lui manquaient tant que les lumières lointaines sur la côte lui faisaient penser à celles d'une discothèque. Il s'asseyait sur la plage, étincelante comme de la neige, les lumières de la petite prison où il avait été affecté cachées derrière le promontoire, et il se languissait de nostalgie face à ces promesses lumineuses. Même les sons autour de lui l'angoissaient. Le ressac de la mer, l'appel du hibou, le grognement du sanglier dans le maquis : toute cette nature le décourageait. Ainsi, certains soirs, il se persuadait que la brise lui apportait l'écho d'une musique enjouée de la côte. Dans ces moments-là, sa mélancolie se muait en souffrance et Pierfrancesco pleurait.

Ce n'est qu'après avoir passé plusieurs semaines sur l'Île qu'il avait compris, en revenant sur la terre ferme avec le bateau pour sa première permission : ces lumières qui avaient suscité en lui un si grand désir n'étaient pas celles d'une discothèque, mais de la raffinerie.

Il ne l'avait jamais raconté à sa femme. Dès le premier soir où, jeune mariée, elle avait débarqué sur l'Île, Maria Caterina avait déduit avec un sens de l'orientation infaillible que ces lumières étaient celles de l'usine pétrochimique du port d'où l'on partait en bateau. Pierfrancesco ne lui parla jamais de ces larmes solitaires sur la plage, quelques années plus tôt. Par la suite, il y eut d'autres secrets, et moins innocents. Mais celui-ci fut le premier. Qui voudrait passer pour un imbécile aux yeux de sa jeune épouse ?

Et la veille au soir aussi, c'était sa femme qui lui avait fait remarquer la lune.

Lorsqu'ils étaient sortis, Maria Caterina s'était promis de lui poser sa question. Ce n'était pas une question compliquée, ni longue, ni difficile à comprendre.

Qu'est-ce qu'il t'arrive ?

C'était tout ce qu'elle voulait demander à Nitti Pierfrancesco, gardien de prison, son mari.

Ça faisait des mois qu'elle n'y parvenait pas. Et chaque fois qu'elle l'avait sur le bout de la langue et qu'elle ne la posait pas, cette question devenait un peu plus difficile, un peu plus embarrassante, et lui pesait un peu plus sur la poitrine. Maintenant aussi, cette lumière malade avait fait fléchir sa détermination. Au lieu de poser sa question, elle avait pointé le doigt vers le ciel et avait dit : « Regarde. »

L'ovale tordu des trois quartiers était entouré d'un halo laiteux qui rayonnait dans la nuit avec des sortes de reflets d'arc-en-ciel. La plage, qui brillait toujours de sa blancheur, même au moment de la nouvelle lune, était maintenant opalescente.

Ils s'étaient tus tous les deux, chacun cherchant instinctivement la main de l'autre. La promenade avait été plus brève que d'habitude. Sans se l'avouer, ils furent soulagés quand un toit construit par la main de l'homme s'était de nouveau interposé entre eux et ce ciel étrange.

*

Le détenu était un homme d'âge moyen, à la peau mate, pas très grand. On aurait dit qu'il avait giclé d'un tube de dentifrice : le bas de son corps était mince et le haut s'élargissait progressivement jusqu'aux épaules, le tour de ses avant-bras était presque égal à celui de ses cuisses. Il était assis sur le banc en fer fixé au sol, les coudes appuyés sur ses genoux, la tête entre ses mains.

Ne garde pas la tête penchée comme ça, il n'y a rien de pire pour le mal de mer, c'est ce que voulait lui dire l'agent Nitti. Mais il garda le silence.

L'homme avait les yeux fixés sur ses pieds, il n'avait pas l'air d'avoir envie de parler.

Il était probablement coupable de viol, peut-être sur un enfant. En général, les gardiens de prison ne connaissaient pas les crimes commis par les nouveaux arrivés, sauf ceux d'inculpés dans des procès célèbres. Mais Nitti savait qu'après l'avoir accompagné au Quartier Central pour les procédures d'admission, il devait l'escorter à la petite prison au milieu de l'Île où étaient enfermés les pédophiles et les violeurs. C'étaient les seuls qui ne pouvaient se mélanger au reste des détenus. Même pour le travail à l'extérieur, dans les champs ou dans les vignes, il était important de les tenir à distance de sécurité des autres. Sinon, ils n'auraient pas fait long feu.

À présent, depuis que le nouveau directeur avait révolutionné l'Île, Nitti travaillait aussi par roulement dans les autres quartiers cellulaires, et donc aussi, toutes les six semaines, dans la Spéciale. Mais quand il était arrivé, dix ans plus tôt, frais émoulu du Centre d'instruction militaire, il avait été affecté justement à cette petite prison. Le directeur de l'époque lui avait dit en le dévisageant : « Figure d'ange, tes supérieurs m'ont dit du bien de toi. Je ne veux pas te créer de problèmes. Je te mets avec les pédophiles et les violeurs. »

Il avait pensé qu'il s'agissait d'une cruelle plaisanterie. Et en fait, c'était vraiment comme ça : la section des coupables de crimes sexuels n'était pas mal, c'était même une des plus faciles à gérer.

Aucun de ces détenus n'appartenait à des organisations, des bandes, au crime organisé, à des factions de lutte politique armée. C'étaient des hommes profondément seuls, brisés, sans défense face à l'institution carcérale. Pas comme les terroristes, rouges et noirs. Ceux-là formaient un groupe compact, et quand on avait affaire à l'un d'entre eux, il fallait se méfier aussi de ses camarades, des gens peut-être corrects et même instruits, mais qui ne voyaient en vous que l'uniforme. Ou plutôt, comme ils le disaient eux-mêmes : l'État. Et ils ne voulaient qu'une seule chose de ce maudit État, sa destruction, donc la vôtre.

Les violeurs n'étaient pas non plus dangereux et violents comme les criminels de profession. Lesquels étaient liés les uns aux autres par un réseau de brouilles ancestrales, de vengeances et de rivalités dont on ne comprenait ni ne savait rien de l'extérieur. Jusqu'au jour où, à l'heure de la promenade, ils détournaient votre attention sous un prétexte quelconque et on n'avait même pas le temps de voir que le vent avait tourné qu'ils avaient déjà poignardé quelqu'un. Ensuite, si ce quelqu'un survivait et qu'on lui demandait qui avait fait le coup, il ne le dirait jamais, même sous la torture.

Et les pédophiles n'étaient pas des manipulateurs et des menteurs comme les toxicos et les dealeurs, toujours en train d'essayer de vous entraîner de leur côté. Ils commençaient par demander une cigarette, puis un tout petit service, puis un plus grand, jusqu'au moment où on se retrouvait empêtré dans un imbroglio de chantage, de pitié et de mépris qui amenait à baisser la garde. Et alors, ils faisaient entrer la came en prison sous votre nez.

Ce directeur lui avait réellement rendu service : les pédophiles et les violeurs étaient les détenus qui donnaient le moins de problèmes.

Seule cette cellule de sécurité était occupée dans le ventre du bateau. Là-bas, quand la mer était agitée, avec le vacarme des moteurs et le sol qui se dérobait sous ses pieds, Nitti était pris d'une violente nausée. Mais le pire, c'était quand les détenus étaient malades. Nettoyer des hommes menottés qui se sont vomi dessus n'a rien de plaisant. Donc, heureusement qu'on ne tanguait pas aujourd'hui. Du moins pour le moment, car ce ciel blanchâtre de la veille au soir ne laissait rien présager de bon. Il leur faudrait se dépêcher, ne pas perdre de temps, et rassembler tout le monde sur l'embarcadère de l'Île dès que possible pour permettre au bateau de repartir avant l'heure du déjeuner. On voyait déjà que la météo allait virer ensuite au mauvais.

La semaine précédente, il y avait eu un pont et on avait vu arriver plein de visiteurs ; mais celle-ci était beaucoup plus calme. Aujourd'hui, la majeure partie des passagers était composée du personnel de la prison, des membres de leurs familles et des employés du Centre de santé. Les visiteurs étaient peu nombreux, moins d'une vingtaine. Les prévisions météorologiques annonçaient une tempête et ceux qui pouvaient avaient reporté leur visite. Il fallait souhaiter qu'il n'y ait pas de parents de la Spéciale.

Normalement, pour les visites, les détenus étaient conduits de leurs petites prisons respectives vers le Quartier Central, près de l'embarcadère. Mais ceux de haute sécurité ne pouvaient pas sortir : c'étaient les parents qui devaient aller jusqu'à eux, tout au bout de l'Île, à l'opposé du point d'ancrage du bateau. C'était le seul quartier cellulaire que personne n'aurait songé à appeler « petite prison », un terme enfantin, presque affectueux, sans rapport avec le dur régime en vigueur dans cet endroit. Quoi qu'il en soit, le marin avec qui Nitti avait parlé était certain que le commandant réussirait à ramener à temps le bateau avant que le mistral se lève. Tant mieux pour lui s'il le croyait, Pierfrancesco n'en avait rien à faire. Une fois sur l'Île, il était chez lui.

Chez lui. Quand il était arrivé tout jeune sur l'Île, elle lui avait fait l'effet d'une prison à ciel ouvert. Mais pour lui, pas pour les condamnés. En revanche, maintenant il lui était impossible d'imaginer le jour, encore lointain mais inévitable, où il prendrait sa retraite et devrait la quitter. Comme les détenus libérés : quand la fin de leur peine arrivait, après des années à soigner les moutons, cultiver les champs et tailler les vignes, certains se mettaient à pleurer et imploraient le directeur de ne pas les chasser. Pierfrancesco se rappelait cet homme de la Barbagia âgé d'une soixantaine d'années qui avait dû retourner dans son village après plus d'un quart de siècle passé sur l'Île. Une vendetta séculaire et meurtrière, à laquelle il avait fortement contribué, l'avait presque dépeuplé. Le matin, avant de monter sur le bateau, l'homme était allé dans la bergerie et avait embrassé un à un en sanglotant tous les moutons dont il s'était occupé pendant des années.

*

Luisa, appuyée au bastingage du bateau, respirait.

Elle avait déjà senti l'odeur de la mer quand elle avait pris le ferry, mais là-bas elle se mêlait encore à l'air lourd de la ville industrielle, aux exhalaisons de mazout du port et surtout au souffle d'un continent tout entier derrière elle. C'était presque le crépuscule quand elle s'était embarquée et elle pensait sortir sur le pont quand ils seraient au large. Être en pleine mer, en pleine nuit ! Elle était impatiente. Mais la fatigue – trois trains, un autobus, le réveil au milieu de la nuit – avait eu le dessus : peu après s'être assise dans le fauteuil du salon sous le pont, elle s'était endormie.

La lumière du soleil était forte maintenant sur le pont, mais elle était filtrée par un voile et elle frappait l'eau d'un éclat de métal. Le bateau glissait sans effort sur la surface lisse de la mer. Luisa commença à compter les mouettes qui se laissaient porter par le déplacement de l'air, les ailes déployées, immobiles : sept, plus d'autres qui se mettaient à la queue. Mais cette étendue autour d'elle, et surtout cette rencontre avec la brise, l'eau et le sel, lui firent passer son envie de compter.

Lorsqu'ils étaient jeunes mariés, il y avait bien des années de ça, son mari l'avait emmenée un dimanche sur une montagne dominant la vallée d'où ils étaient originaires. Aucun passage à escalader, mais le sentier était long et raide, et il fallait avoir du souffle. Luisa n'en manquait pas, elle qui était habituée depuis toujours à courir derrière les vaches et à faucher le foin. Ils arrivèrent même en haut plus tôt que prévu. Une croix en bois avec l'inscription « 2 302 au-dessus du niveau de la mer » était plantée là. Tandis que son mari sortait le carnet de sommet de la boîte en zinc sous l'inscription, Luisa regardait. Elle ne s'était jamais trouvée si haut, face à un panorama si ouvert, sans aucun versant de montagne pour arrêter le regard. Comme tous les enfants de paysans, elle avait passé ses étés dans les alpages avec le bétail, mais ici c'était différent : ne pas avoir de sommets plus hauts tout autour permettait au regard de s'enfuir vers de lointains horizons inconnus, derrière cette chaîne de montagnes, derrière la suivante et puis derrière celle-ci, encore et encore. Luisa était sans voix devant une telle étendue. Son mari, qui avait déjà tété plus d'une fois la gourde de grappa dans la montée, s'était mis à chanter. Sa voix couvrit le bruissement du vent sur la main invisible duquel planait un corbeau noir, quelques mètres plus bas. Luisa mit son index sur ses lèvres :

« Chut ! Écoute... »

Mais faire taire son mari n'était pas ce qu'on attendait d'une bonne épouse à la fin des années 1950. Et il ne s'y attendait certainement pas. Il serra son avant-bras d'une main de fer et la secoua.

« Qu'est-ce que tu as dit ? »

Luisa ferma les yeux, saisie par son souffle chargé d'alcool.

« Qu'est-ce que tu as dit ? »

Il la prit par les épaules, la souleva et la poussa la tête la première vers le ravin.

« Tu veux que je me taise ? Hein ? Tu veux que je me taise ?

— Non... », murmura Luisa, les jambes paralysées par la terreur et la surprise.

Quand ils revinrent chez eux, il s'excusa, lui dit qu'il l'aimait, qu'il ne voulait pas la jeter en bas, qu'il ne l'aurait jamais fait. Elle le crut. C'était la première fois que le beau garçon aux larges épaules qui l'avait invitée à danser, il y avait à peine plus d'une année de ça, se changeait en autre chose. En quelque chose d'obscur, quelque chose qui au fil des années grandirait comme un sosie usurpateur, se substituant à son beau sourire. Ce sourire qui, à la fin, se ranimait seulement lorsqu'il voyait arriver ses enfants en visite.

La côte était déjà loin, l'Île était une silhouette sur la ligne de l'horizon. Au milieu, il n'y avait que l'eau et le ciel. C'est là que Luisa, dans ce triomphe de l'essentiel, avait posé son regard. Elle y trouvait une paix semblable à celle qui la gagnait après une dure journée de labeur, la fatigue en moins.

Au bout d'un moment, c'est l'odorat et non la vue qui lui fit remarquer la proximité de l'Île. Elle fut assaillie par un air dense d'humeurs qui lui étaient inconnues, presque épicées, qui n'avaient rien en commun avec le parfum des bois et du foin au milieu desquels elle avait grandi. Elle se retourna et vit l'Île, tout près.

Elle se dressait au-dessus de la mer dans une succession sinueuse de petites baies. Certaines étaient des plages de sable blanc ; là, le bleu intense de la mer devenait turquoise. D'autres étaient parsemées de rochers rouges aux formes bizarres et dont la masse immergée restait parfaitement visible sous l'eau cristalline. Dans une crique abritée, un petit môle s'avançait devant un groupe de maisons basses aux teintes joyeuses : vert pâle, bleu ciel, rose. Au milieu poussaient des agaves, des bougainvillées, des figuiers.

Rien ne faisait penser à une prison.

À la différence de Luisa, c'était la quatrième fois que Paolo venait sur l'Île et il l'exécrait. Il détestait son odeur, les oursins noirs qui mouchetaient les rochers à fleur d'eau, les couleurs pastel des maisons. Était-il possible que les visiteurs d'une prison spéciale soient accueillis par la beauté de la nature ? Oui, c'était possible. Et ça, c'était une duperie, une cruauté, une aberration.

Emilia avait toujours aimé la mer, comme Paolo du reste. Peu après leur mariage, ils avaient commencé à aller chaque été dans un petit village au nord des Cinque Terre. On peut dire que leur fils avait grandi là : tant qu'il n'allait pas à l'école, Emilia s'installait début mai dans la petite maison qui donnait à pic sur cette côte escarpée et douce. Paolo les rejoignait pour le week-end, puis, à la fin de l'année scolaire, il restait avec eux jusqu'aux premiers jours de septembre. Ce fut justement là, à Framura, au milieu des parfums semblables à ceux que l'Île répandait dans l'air, qu'était né le Salut Spécial.

Quel âge pouvait avoir son fils ? Trois ans, quatre tout au plus. C'était un enfant d'une réelle beauté – en y repensant, Paolo éprouvait une douleur diffuse. Il avait de grands yeux couleur des feuilles d'avril, les cheveux raides et noirs comme des mines de crayon. Des cheveux qu'on avait envie de décoiffer pour le plaisir de les voir aussitôt retrouver leur place tout seuls, avec vigueur.

La maison qu'ils louaient chaque année avait une pergola recouverte de clématites violacées et un petit jardin que traversait une allée jusqu'au portail. Ce jour-là, Paolo venait d'arriver de la ville. Il avait klaxonné joyeusement pour s'annoncer et, comme chaque fois, l'enfant avait couru à sa rencontre – mais sur le tricycle qu'on venait de lui offrir et pas à pied. Au lieu de se jeter comme d'habitude dans les bras de son père, il était descendu de son moyen de locomotion flambant neuf et avait dressé le buste avec une fierté de dignitaire. Il avait porté à sa tempe sa main droite fermée avec le pouce à l'extérieur, puis l'avait baissée, dans un geste saugrenu d'approbation, très américain. Alors seulement, il avait souri, découvrant la rangée blanche de ses petites dents.

Ce geste – poing sur la tempe avec pouce dehors, puis baissé comme pour dire « O.K. » – était devenu, à partir de ce jour-là et pour toujours, le Salut Spécial. Père et fils le préservèrent toujours comme une chose privée ; ils ne le partagèrent jamais avec personne, pas même avec Emilia. Ils l'échangèrent derrière le rideau du spectacle au cours primaire et aussi quand, seul des athlètes de onze ans le jour de la fête du sport, il franchit un mètre vingt dans un élégant saut en hauteur sur le dos. Paolo lui adressa le Salut Spécial quand il le rencontra dans la rue par hasard, à dix-sept ans, enlacé à sa première petite amie ; et sans qu'elle le voie, son fils lui rendit son salut. Ils l'échangèrent le jour où son fils eut son permis, celui où il sut le résultat de son bac, chaque année à leur anniversaire respectif. Son fils fit le Salut Spécial à son père le jour où il entra dans le box des accusés.

Comme il était beau. Malgré les cernes et le teint malsain de l'isolement dans lequel il avait été maintenu pendant des semaines, ses yeux verts brillaient de joie : ces heures de débats signifiaient pour lui être près de ses camarades et surtout de sa compagne. Il pouvait même la toucher. En entrant, menottes aux poignets, il avait fouillé du regard toute la salle du tribunal. Quand il vit son père, son soulagement fut manifeste. Ce qui éveilla chez Paolo une tendresse angoissée et presque impossible à supporter. Son fils lui adressa alors un sourire. Il découvrait le trou où les coups de poing de son arrestation avaient fait sauter une de ses dents, mais il était toujours semblable à celui qu'il avait enfant. Puis, un éclair dans les yeux, très vite, le fils fit à son père le Salut Spécial.

Un vieux réflexe poussa la main droite de Paolo vers sa tempe. Il avait commencé à serrer son poing le pouce à l'extérieur, quand il vit une femme, assise derrière l'avocat général, qui le regardait fixement.

Il la reconnut. C'était la mère d'un homme – pas le seul – que son fils avait exécuté d'une balle dans la tête ; ou plutôt la grand-mère de cette fillette de trois ans au petit manteau noir que toute l'Italie avait vue au journal télévisé alors qu'elle posait une rose blanche sur le cercueil de son père. Il n'y avait ni haine ni rancune dans le regard de la femme. Il n'y avait rien de rien, seulement une objectivité démesurée. L'espace d'un instant, Paolo fut frappé d'un don de télépathie et il lut clairement dans sa pensée : *Ton fils est encore vivant. Le mien, non.*

La main de Paolo se bloqua en l'air. Sa bouche devint sèche. Et même le Salut Spécial pourrit pour toujours, avec tout le reste.

Ce jour-là, une fois rentré du tribunal, il découpa la photo de la petite fille qui était de nouveau dans tous les journaux depuis le début du procès. Il la plia et la mit dans son portefeuille. Il fit cela très conscient de s'infliger, tout seul, une condamnation inconnue au monde mais tangible pour lui : un bout de papier, concret, bien que de consistance très minime, en poids et en surface, qu'il puisse de temps en temps sortir de sa poche, regarder, effleurer. Il imagina qu'ainsi seulement il arriverait peut-être à supporter l'autre condamnation, celle qui désormais pesait sur lui, celle qui avait comme fin de peine : jamais.

Depuis presque un an, donc, Paolo devait aller voir son fils dans un endroit qui avait la même odeur, la même lumière, la même beauté que ce temps mythologique où le Salut Spécial avait été inventé. Au cours des trois années qui avaient suivi l'arrestation de son fils, la prison sur l'Île était de très loin celle qui lui avait coûté le plus de fatigue pour s'y rendre.

Oui. Il la détestait, cette Île.

Et pourtant, il ne put se cacher une chose : l'évident plaisir avec lequel la femme blonde regardait l'Île, le même que celui avec lequel elle avait fixé la mer pendant toute la traversée, était beau à contempler.

Elle a un visage honnête, aurait dit Emilia.

Mais Emilia n'était pas là.

*

Sur le petit quai, une Fiat Campagnola grise avec l'inscription AADC, un minibus bleu clair qui devait être sur les routes depuis au moins vingt ans et un fourgon à la couleur indéfinissable sous une couche de poussière attendaient l'arrivée du bateau. Sur le pont avant, tandis qu'un agent empêchait les passagers d'approcher, le détenu, escorté par Nitti et un autre gardien, fut le premier à descendre du bateau. Tous se penchèrent sur la rampe pour l'observer. Menottes aux poignets, il franchissait la passerelle à pas lents. Il clignait des yeux comme pour les protéger de la lumière, même si le ciel s'était entièrement couvert de nuages, et il les gardait fixés sur la transparence aigue-marine au-dessous de lui où nageaient plein de formes noires. Arrivés sur le quai, les deux agents le poussèrent vers la Fiat tout-terrain. L'homme les suivit mais la tête tournée en arrière, le regard toujours sur la mer. Il avait l'air d'un enfant que des adultes pressés veulent entraîner loin d'une vitrine de jouets. Dès qu'il fut monté avec Nitti, la Fiat partit en direction du Quartier Central. Alors seulement, l'autre agent permit au reste des passagers de débarquer.

Paolo se dirigea vers le petit escalier en fer qui menait au pont inférieur et il passa devant la porte ouverte de la cabine de pilotage. À l'intérieur, le second était en train de montrer au commandant, un homme d'une cinquantaine d'années au visage couvert de grains de beauté, le baromètre cloué au mur.

« Je ne l'ai jamais vu descendre aussi vite, fit-il.

— Dis aux agents de se dépêcher de les ramener, répondit le commandant. Moi, je lève l'ancre à midi et je n'attendrai personne. »

Luisa aussi franchit la passerelle jusqu'au quai. Elle regarda autour d'elle, l'air indécis. Elle vit tous les passagers, qui portaient comme elle des cabas et des paquets, se diriger vers le minibus.

« Quartier Central, Quartier Central ! » criait le chauffeur. Luisa monta avec tous les autres. Elle venait juste de s'asseoir sur un des sièges libres quand un gardien à bord lui demanda : « Mais vous n'allez pas à la Spéciale ?

— Si. J'ai l'autorisation...

— C'est ça. Il me semblait bien. Descendez, vous devez prendre celui-là. » Il lui montra le fourgon.

Dans le minibus, les gens étaient même entassés dans le couloir, la plupart tenaient leurs paquets dans leurs bras faute de place par terre. Luisa se releva du siège qu'un hasard inutile lui avait permis d'occuper et elle se fraya difficilement un chemin vers la sortie. Entre-temps, le fourgon IVECO poussiéreux avait déjà démarré, mais le gardien descendit du minibus et courut derrière en criant : « Arrêtez ! Attendez ! Il y a encore quelqu'un pour la Spéciale ! »

Le fourgon pila, et toutes les têtes des passagers furent propulsées en avant. Luisa, serrant contre elle son paquet, le rejoignit en courant. Elle essaya de monter à l'avant sans succès : deux personnes étaient assises sur la boîte du moteur. Le gardien qui avait crié lui fit signe de passer par l'arrière. Là, les gens étaient assis par terre, les uns contre les autres. Luisa s'installa à côté d'eux. Les portières ne fermaient pas et, de l'intérieur, un passager, qui n'était visiblement pas un visiteur, les attacha habilement avec une ficelle pour les retenir. Il resta une ouverture par laquelle Luisa devait garder ses jambes pendantes à l'extérieur.

Paolo l'observa pendant qu'elle s'installait. Il était assis sur un des deux bancs fixés de chaque côté. Luisa et lui étaient les seuls visiteurs qui se rendaient à la prison spéciale. Les autres passagers étaient des gardiens de retour d'une permission, des ouvriers, du personnel du Centre de santé, une femme avec un bébé, un homme avec des lunettes et une mallette. Le chauffeur s'adressa à ce dernier en l'appelant « Docteur », puis il redémarra et partit.

En quittant le quai, au lieu d'aller vers le groupe de maisons colorées, le fourgon tourna et prit l'unique route qui parcourait l'Île dans toute sa longueur. Pendant plusieurs centaines de mètres, le véhicule avança de façon régulière, puis il y eut une grosse secousse, une autre et une autre encore, et on comprit que ça ne faisait que commencer. La route asphaltée était devenue une piste blanche défoncée par l'érosion, avec des virages à pic sur la mer sans le moindre rail de sécurité. Un nuage de poussière recouvrit Luisa, la plus proche de tous des portières retenues par cet unique et fin cordon. Ses voisins la regardèrent avec commisération, mais aussi avec un soulagement non dissimulé de n'être pas assis à cet endroit.

Quand Luisa était montée, Paolo avait été sur le point de lui offrir sa place sur le banc, mais il n'avait pas eu le temps, le fourgon était aussitôt reparti. La voyant maintenant mettre un mouchoir devant son nez, il essaya d'attirer son attention. Mais il aurait dû crier à cause du vacarme du moteur, ce qui n'aurait peut-être même pas suffi à se faire comprendre. Il se mit à taper sur le côté du fourgon. Au bout d'un moment, il finit par obtenir ce qu'il voulait.

« Qu'est-ce qu'il y a ? » demanda le chauffeur en se retournant mais sans freiner. Ce qui provoqua une certaine agitation chez les passagers : la piste en terre se trouvait à présent à pic sur une falaise.

« Pouvez-vous vous arrêter, s'il vous plaît ? hurla Paolo pour se faire entendre.

— Et pourquoi ? » hurla en réponse le chauffeur.

Il avait une quarantaine d'années, mais il en paraissait à la fois plus et moins. Moins à cause de son air de frimeur quand il tournait le volant d'une seule main, de la vitesse à laquelle il soumettait le vieux fourgon et de son indifférence manifeste pour le précipice à quelques centimètres de sa portière. Et plus à cause de ses paupières lourdes, comme ceux qui ont fait trop de services de nuit dans leur vie.

« Je voudrais échanger ma place, répondit Paolo.

— … Comme dit le pendu », ajouta le chauffeur. Il le dit sans aucune ironie, à voix basse même. Mais ensuite, toujours en conduisant, il se retourna – encore une fois ! – comme pour s'assurer que sa réplique avait bien été entendue.

Luisa ne s'était aperçue de rien : derrière, là où elle était assise, le bruit était trop fort pour suivre le dialogue. Elle fut donc surprise lorsque le fourgon pila. De nouveau, toutes les têtes se penchèrent en avant, sauf la sienne qui, tournée dans la direction opposée, partit en arrière presque au point de lui rompre le cou. Après une courte pause, elle aperçut Paolo dans la portion de route visible entre les portières.

« Excusez-moi, madame. Permettez que nous échangions nos places. »

Luisa leva les yeux. L'homme était grand, mince, les cheveux grisonnants et fournis, un beau visage marqué par les cicatrices d'une ancienne acné. Il avait parlé avec hésitation, comme s'il lui demandait une faveur et non pas l'inverse.

« Mais ici il y a… de la poussière, dit Luisa gênée.

— Justement », fit-il. Et il haussa une épaule, comme pour dire : « J'aimerais vraiment m'asseoir ici. »

« Alors, on se bouge ? »

Le chauffeur les regardait dans le rétroviseur. Mais sans impatience, tout au plus avec curiosité. Luisa, encore étonnée par cette proposition inattendue, détacha la ficelle qui retenait les deux portières, les ouvrit et sauta à l'extérieur.

« Merci », murmura-t-elle à Paolo.

Il prit sa place pendant qu'elle faisait le tour du fourgon. Dès que Luisa monta devant, le chauffeur, en la regardant dans les yeux, tourna la clé avec désinvolture et remit le moteur en marche. Elle dut se dépêcher de s'asseoir sur le banc libéré par Paolo : le véhicule avait démarré et elle risquait de tomber si elle restait debout.

*

Depuis la création de la colonie pénitentiaire, chaque nouveau directeur avait déclaré faire du problème *routes* sa priorité. Ou mieux, du problème *piste en terre battue.* Bref, de l'unique route qui traversait l'Île dans sa longueur en passant par toutes les petites prisons et leurs terres, du Quartier Central dans la pointe septentrionale jusqu'à son extrémité méridionale qui était le lieu le plus éloigné de l'embarcadère et le plus proche de l'île principale, dont la séparait cependant le dangereux Détroit. Là se trouvait la prison spéciale.

Armé de bonnes intentions et d'enthousiasme, chaque nouveau directeur démarrait les opérations, en faisant partir le goudronnage du Quartier Central qu'une sorte d'idée fixe le portait à considérer plus digne d'un accès cimenté. Mais bien vite, comme cela s'était passé pour son prédécesseur et le prédécesseur de son prédécesseur, le flux de l'argent se tarissait comme un fleuve saisonnier, laissant à sec les travaux. Les fonds pour l'entretien ordinaire étaient chroniquement insuffisants, alors ne parlons pas de ce qu'on pouvait reporter. Ces projets avortés pavaient maintenant la route de l'Île, telle que l'avaient sous les yeux ceux qui la parcouraient. Ou plutôt sous leurs postérieurs, soulagés des tressautements et des secousses uniquement à l'approche des petites prisons et, même là, rien que pour quelques mètres.

Quand le fourgon roulait normalement, les passagers savaient donc qu'ils étaient aux abords d'une des sections de l'institution pénale. Les bâtiments qui composaient chaque petite prison avaient nettement un aspect pénitentiaire, avec des miradors, du fil barbelé, des grilles aux fenêtres. Mais ils avaient aussi l'air bucolique, comme une sorte de ferme : l'un était entouré de rangées de vigne, un autre de champs où ruminaient des troupeaux de bovins gardés par des prisonniers sans surveillance, un troisième était surmonté de deux hauts silos à grains. Partout, à part les gardiens et les détenus en semi-liberté, des animaux domestiques : des ânes, des chiens, des chats, des vaches, des chevaux, des moutons et des chèvres.

Au fur et à mesure que le fourgon approchait de sa destination, les gens descendaient. L'homme à la mallette s'arrêta avec d'autres à la première petite prison, celle avec le bétail.

« Docteur, demanda le chauffeur, on fait comme l'autre jour, je vous reprends quand je remonte ?

— Non, l'autre jour je devais vacciner toutes les vaches contre la tuberculose. Aujourd'hui, je vérifie seulement s'il y en a qui sont positives. Ça devrait aller vite. Je demanderai à quelqu'un de me raccompagner quand j'aurai fini. »

Luisa observa avec intérêt les bêtes que désignait le vétérinaire. Elles étaient d'une race qui lui était inconnue. Elle aurait aimé savoir si c'étaient des vaches à viande, à lait ou les deux ; combien de lait elles produisaient ; si les primipares en donnaient beaucoup moins que les multipares et, si oui, combien. Mais le fourgon était déjà reparti et avait repris sa course, au milieu de la poussière et des secousses.

L'Île présentait un relief montagneux, d'une majesté presque continentale, qui descendait vers des plaines cultivées de blé, de maïs, de sorgo et d'avoine. Les différentes cultures étaient séparées par de vieux murets en pierre sèche impeccablement construits. De fines bandes de sable blanc séparaient les flots de la mer des eaux immobiles d'étangs d'arrière-dunes. Des étendues de vignes, dominées par une tour sarrasine ou par un fortin en ruine, alternaient avec des excroissances rocheuses. Sur certaines d'entre elles, on apercevait l'entrée de cavernes obscures qui semblaient faites exprès pour d'antiques cultes païens. Le long des restes d'un thonaire abandonné, à quelques mètres des vagues, galopait un troupeau de chevaux sauvages.

Luisa n'arrivait pas à s'arracher à la contemplation de ce paysage si différent de tout autre. Assise sur le banc latéral tourné vers l'intérieur du fourgon, elle se tenait toute tordue pour regarder par la vitre. Dans un virage particulièrement dangereux, elle vit quelque chose qui lui était familier : une petite croix, ornée d'un bouquet de fleurs séchées.

À part les véhicules affectés à la prison, comme les fourgons cellulaires pour le transport des détenus ou bien le fourgon utilitaire, les voitures privées des employés circulaient aussi sur l'Île. Mais seuls le directeur, le médecin de garde ou quelques rares autres personnes pouvaient se permettre d'en avoir une à la hauteur de cette viabilité primitive, c'est-à-dire un 4 × 4. Certainement pas les gardiens. Eux, ils achetaient des voitures à la casse sans plaques d'immatriculation et les faisaient venir ici par bateau. On était sûr d'une chose : sur l'Île on pouvait trouver des sangliers, des ânes albinos, des perdrix, des chevaux sauvages, des hiboux et des mouflons, mais pas un seul agent de police. Les freins de ces tas de ferraille, déjà à bout de course, leurs pneus, déjà sans rainures, étaient usés, lissés, définitivement détruits par cette route. N'importe quel gardien vivant là depuis un moment se vantait du jour où il avait failli tomber de la falaise, ou de l'impact évité d'un cheveu contre un gros rocher. Mais il existait aussi des cas où il ne restait plus personne pour raconter.

Luisa vivait dans une province de montagne aux routes constellées de croix comme celle-ci justement. Elles étaient placées là en mémoire de personnes souvent jeunes, encore plus souvent ivres. Elle la reconnut donc aussitôt. Elle se signa et murmura une courte prière.

*

Un figuier séculaire surmontait un abreuvoir en pierre blanche. Sur le fond, la mer. Une échappée idyllique et traîtresse : après le virage, tout proche, apparut la masse imposante de la prison spéciale.

C'était une construction basse, à un seul étage, formée de plusieurs ailes qui alternaient avec des cours intérieures. Les fenêtres étaient pourvues d'abat-jour, mais le toit était d'un rouge vif comme celui d'une ferme, et derrière les miradors le Détroit scintillait : tout accentuait le sentiment de contraste, ou plutôt d'absurde qui envahissait l'Île entière. Mais ici, pas de paisibles vaches qui ruminaient dans le voisinage, ni de petits ânes au tendre museau. Pas de poules, pas de cultures, pas de cabanes pour les outils des travaux des champs. Ceux qui se trouvaient là-dedans ne sortaient sûrement pas.

La barrière d'un passage à niveau arrêta le fourgon. Elle était reliée à une guérite en verre et en métal d'où sortit un gardien. Il s'approcha de la vitre, salua d'un signe de tête.

« Rien que deux, aujourd'hui », fit le chauffeur.

Le gardien acquiesça.

« Ils sont tous venus la semaine dernière. » Il examina l'intérieur.

Luisa et Paolo étaient les derniers passagers avec un jeune gardien aux cheveux courts qui revenait d'une permission sur la terre ferme. Maintenant que le fourgon s'était vidé, Paolo était assis sur la banquette latérale en face de Luisa. Son pantalon était plein de poussière après son voyage à l'arrière.

« L'autorisation ? » leur intima le gardien.

Paolo avait déjà dans les mains sa feuille tamponnée et signée. En revanche, Luisa ne la trouva pas tout de suite et dut se mettre à fouiller dans son sac. Elle savait qu'elle l'avait, elle l'avait déjà montrée à l'embarquement, pourtant ses mouvements devinrent nerveux. Un sentiment d'oppression l'assaillit, lourd comme un manteau noir. Absorbée par le spectacle qui s'offrait à ses yeux, d'abord la mer, ensuite l'Île, elle avait presque oublié la raison pour laquelle elle était là. Ou du moins, elle ne lui était plus aussi présente à l'esprit. Elle avait même ignoré les poteaux électriques le long de la route, alors que c'était une des choses qu'elle comptait le plus souvent. L'arrivée à la prison avait interrompu cet état d'âme presque contemplatif. Le gardien la regardait à présent tandis que ses doigts fouillaient fébrilement dans son sac. Quand Luisa retrouva la feuille, elle éprouva le sentiment d'avoir échappé à un danger, bien que, parfaitement repliée, elle ait été là où elle l'avait toujours rangée, dans la poche latérale. Elle la lui tendit.

Le gardien lut avec attention ses papiers et ceux de Paolo, vérifiant même que l'heure prévue correspondait à celle de sa propre montre. Luisa, le cœur battant encore la chamade, se mit à compter les boutons de son uniforme gris (quatre grands au centre, quatre plus petits chacun sur une poche), puis les fenêtres sur le mur derrière la guérite. Elle était arrivée à sept quand le gardien leur rendit les autorisations et fit un vague signe, à l'adresse du fourgon plus qu'à son conducteur, pour qu'il avance.

Ils quittèrent l'axe principal, qui conduisait à la pointe méridionale de l'Île, et longèrent le haut mur de la prison par une petite route. Ils firent le tour du périmètre et se retrouvèrent devant la façade d'entrée.

De ce côté-ci, la prison faisait une tout autre impression. On y arrivait en parcourant une allée bordée de lauriers. Derrière les haies s'étendaient des parterres de fleurs séparés par des lignes très soignées : un caillou gris, un caillou rose, un caillou gris, un caillou rose. La porte d'entrée était en fer bleu et se détachait gracieusement sur la façade blanchie à la chaux. La frise qui la surmontait avait une courbure presque baroque. Vue d'ici, la prison de haute sécurité ressemblait à une maison coloniale mexicaine.

Luisa se tourna vers Paolo.

« C'est ça ? » demanda-t-elle, incrédule.

Il acquiesça faiblement. « Oui. Moi non plus je n'y croyais pas, la première fois. Cet endroit est… »

Il hocha la tête, chercha ses mots. Mais il y renonça, aussi parce que le chauffeur était descendu et avait ouvert la portière. Ils sortirent du fourgon avec le jeune gardien aux cheveux courts qui s'éloigna rapidement vers la porte d'entrée. Une goutte tomba sur le nez de Paolo, qui leva la tête vers le ciel.

« Mais quoi, il pleut ? »

Luisa tendit un bras et tourna sa paume de main vers le haut.

« Non… »

Elle aussi leva les yeux vers les nuages gris. Entre-temps, le chauffeur s'était dirigé vers une porte plus petite à côté de l'entrée principale, de la même joyeuse couleur bleu clair. La sonnette retentit tandis que Luisa et Paolo s'approchaient. Un gardien de prison ouvrit.

« Deux seulement ? » demanda-t-il en dévisageant les visiteurs.

Le chauffeur confirma.

« Écoute, dis à Camba de ne pas faire traîner les choses. Aujourd'hui, on doit rentrer à l'heure.

— Les choses durent ce qu'elles doivent durer, répondit le gardien. S'ils ont ce qui est permis, ils feront vite. Sinon, ils ne feront pas vite. Ils ont leurs autorisations ? »

Cette fois, aussi bien Luisa que Paolo avaient leurs feuilles prêtes à la main avec l'autorisation de rendre visite à leurs proches, aujourd'hui et maintenant.

« Papiers ? »

Ils donnèrent leurs cartes d'identité au gardien.

« Livret de famille ? »

Luisa l'ouvrit à la page portant le tampon de la petite commune de montagne qui attestait qu'elle était bien la femme du détenu. Cinq autres noms y figuraient aussi : Anna, Ciriano, Maddalena, Irene et Luca. Celui que remit Paolo déclarait que sa cellule familiale était composée de deux personnes : le détenu son fils, et lui.

Tenant la porte ouverte, le gardien fit signe à Luisa et Paolo d'entrer.

*

Les raviolis furent aussitôt confisqués. Camba, petit homme aux doigts larges comme des spatules de maçon, se mit à en ouvrir quelques-uns avec une petite scie. Il vérifiait qu'il n'y avait aucun message à l'intérieur, un explosif ou d'autres choses interdites. Mais il se lassa vite.

« On ne peut quand même pas les ouvrir tous », dit-il à Luisa.

Elle tenta de protester.

« Il y en a cent cinquante-trois…

— Justement. Trop pour les vérifier un à un.

— Mais j'ai mis toute une journée à les préparer. »

Il n'y eut rien à faire : le gardien posa la boîte en carton sur la vieille table du côté des objets qui ne passaient pas le contrôle. Luisa pensa à sa fille Irene.

Ça, je ne le lui dirai pas.

Le gardien ouvrit aussi en longueur les saucissons fumés. Il dégagea leur ventre rose comme de petits animaux étripés. Il n'y en avait que dix et il put les vérifier tous. Il ne les confisqua pas.

Paolo avait apporté à son fils, entre tant d'autres choses, un poulet rôti préparé par sa sœur. Quand le gardien prit la carcasse et regarda par l'ouverture qui avait servi à vider les abats, Paolo eut la désagréable image d'une perquisition anale.

Il fréquentait maintenant les prisons depuis assez longtemps pour savoir que le mieux était d'apporter du tabac et des feuilles de papier plutôt que des cigarettes déjà roulées : il arrivait qu'un gardien de mauvaise humeur pense qu'on avait glissé de l'argent à l'intérieur et il les saisissait. Sans parler de l'erreur qu'il avait commise la première fois quand, soucieux de compléter le régime de son fils par des aliments nourrissants, il lui avait apporté trois biftecks. On les lui avait pris sans un mot. Il s'était traité d'imbécile, mais il avait découvert ensuite par le règlement que s'ils avaient été cuits ils seraient passés.

Paolo et Luisa avaient beaucoup appris depuis qu'ils avaient commencé à fréquenter les parloirs. La première chose à comprendre était la façon de remplir la liste qui devait accompagner les cadeaux. Elle serait ensuite classée comme document officiel et, si ce qui y était écrit enfreignait les directives, le gardien chargé de la réception était obligé de les refuser. Certains gardiens auraient bien fermé les yeux, mais si leurs supérieurs s'étaient mis à vérifier la liste, ils auraient passé un sale quart d'heure. Luisa et Paolo savaient désormais que le choix exact des noms était essentiel.

Le poisson était interdit, peu importe s'il était cuit ou cru, mais si un risotto à la marinara était décrit comme étant « à l'ail et au persil », alors il passait. Les gâteaux étaient interdits, mais baptisés « galettes » ils étaient acceptés. Pourtant, un jour, Paolo se vit refuser un gâteau à la pâte d'amande parce qu'il dégageait une odeur semblable à celle du cyanure. Être suspecté de vouloir empoisonner son fils le blessa profondément, mais il n'y eut rien à faire : le gâteau finit à la poubelle.

Aujourd'hui, Paolo avait apporté un peignoir à son fils, même s'il savait que c'était interdit. Mais sur la liste, il avait écrit astucieusement : « numéro 1 serviette-éponge avec manches ». Le gardien le laissa passer.

Une fois le contrôle terminé, il resta deux tas sur la table. Les affaires à remettre furent glissées dans un guichet tournant. Tout le monde l'appelait « la Roue ». Comme si de l'autre côté il n'y avait pas un monde blindé auquel faire parvenir de petits signes de réconfort, mais un orphelinat, auquel confier des enfants trouvés au nom de la charité.

Les cabines de perquisition étaient au nombre de deux, une pour les femmes et une pour les hommes. Paolo et Luisa étaient les seuls visiteurs de la Spéciale, ils furent donc fouillés en même temps. Une surveillante d'âge moyen attendait Luisa. Elle avait de gros poignets qui dépassaient de ses gants jetables. C'était la femme d'un gardien de prison, qui approchait de l'âge de la retraite, et elle avait quatre enfants. Elle complétait le salaire de son mari en fouillant le corps de femmes et d'enfants.

« Bras en l'air. »

Luisa fut assaillie par une haleine de nourriture mal digérée. La femme passa autour d'elle le détecteur de métaux, dur et inanimé. Puis, de ses mains gantées, elle parcourut tout son corps une deuxième fois : poitrine, aisselles, ventre, jambes, aine, par-devant et par-derrière.

Luisa gardait les yeux au plafond. Était-elle gênée d'être touchée de façon aussi intime ? Si on lui avait posé la question, elle n'aurait su que répondre. Elle l'avait été si peu, de toute sa vie. Son mari n'avait jamais exploré son corps, il s'était toujours concentré sur ses fesses et sa poitrine. Il l'avait touchée très peu souvent entre les jambes avec les doigts et toujours de façon expéditive et fonctionnelle, pour faciliter la pénétration.

Si elle y avait réfléchi, Luisa aurait conclu que, sauf quand elle se lavait, des zones entières de sa peau n'avaient jamais été effleurées par d'autres mains que celles de sa mère quand elle était bébé. Mais c'était le genre de pensée qui ne venait jamais à l'esprit de Luisa. Les doigts de la surveillante parcourant son corps avec une brusque efficacité ne lui procuraient certes aucun plaisir, mais aucune gêne non plus. C'était comme s'ils touchaient quelque chose qui ne faisait pas entièrement partie d'elle-même. Il n'y avait qu'à attendre qu'ils aient fini.

La petite pièce où elle se trouvait avait une fenêtre. Elle était fermée par une grille, on entrevoyait un figuier à l'extérieur. La lumière du jour découpait sur le mur l'ombre des branches et des barreaux. Sept en largeur, cinq en hauteur et vingt-quatre carrés formés par leur entrecroisement.

La surveillante souffla sa mauvaise haleine au visage de Luisa, mais sans intention désobligeante.

« Vous pouvez remettre vos chaussures. »

Elle s'exécuta, attrapa son sac à main et sortit de la cabine.

Elle traversa un petit couloir qui la mena devant l'entrée des parloirs. C'était l'endroit le plus proche du quartier à régime spécial auquel pouvait accéder un visiteur. À la gauche de Luisa, on apercevait trois portes grillagées en enfilade, derrière lesquelles il n'y avait que les prisonniers et leurs gardiens.

Les autres prisons que Luisa avait fréquentées, les prétendument normales, avaient un bruit très particulier. Un mélange de musique, de voix de transistors et de télés, de phrases criées d'une cellule à l'autre, de pas lourds et de cliquetis de clés, de fracas de grilles claquées et de serrures. C'était toujours la même cacophonie, une sorte de respiration de la vie pénitentiaire, avec sa propre vitalité. Maintenant qu'elle en était aussi proche, Luisa se rendit compte que cette prison n'était vraiment pas semblable aux autres. Ici, pas de radios (bannies), pas de télés (allumées pas plus de deux heures le soir, et jamais pour ceux qui étaient au trou), et surtout aucun de ces appels d'une cellule à l'autre qui sont les fils dont est tissée une journée de prison et qui la rendent, si ce n'est supportable, du moins humaine. Ici, cris et appels étaient interdits. Pour communiquer, les détenus murmuraient doucement dans les tuyauteries tandis qu'un compagnon de cellule montait la garde au judas, ou bien, avec les lampes du plafond, ils projetaient des lettres, une à une, comme des ombres chinoises sur les murs extérieurs : ils mettaient une demi-heure pour composer une phrase de trois mots. Mais ça, Luisa ne le savait pas. De la prison spéciale, elle ne percevait que le silence, dense et carnivore comme le souffle d'un prédateur.

Luisa suivit la surveillante et entra dans le local des parloirs.

MISTRAL

Quand on avait arrêté son fils, Emilia avait dit : « Maintenant au moins je sais où il est. »

Et Paolo pensa qu'une fois de plus sa femme se montrait la plus forte, la plus pragmatique, la plus résistante des deux. Une conviction qui, comme tout le reste, fut balayée dès qu'ils surent précisément de quoi leur fils était accusé.

Depuis des années, Paolo et Emilia ignoraient où il vivait, ce qu'il faisait. Ils le supposaient naturellement, mais de façon vague et sans détails. Comme les cornes d'un escargot qui se dérobe, ils chassaient de leurs pensées les images trop nettes d'armes et de leur usage. Parfois, leur fils venait les voir, souvent aux environs des fêtes d'obligation, mais jamais le jour même, le 22 décembre par exemple, ou quatre jours après l'anniversaire d'un de ses parents. Il faisait une apparition, sans préavis, beau et amaigri, dans des vêtements d'employé de bureau qu'autrefois il n'aurait portés pour rien au monde. C'est surtout ce déguisement de comptable qui leur donna une idée de ce que voulait dire « clandestinité ». Il couvrait sa mère de baisers dans le cou et étreignait virilement son père, il mangeait les plats de son enfance avec la voracité d'un jeune chiot, puis il disparaissait à nouveau pendant des mois. Après ces visites, Paolo et Emilia restaient assis à la table de la cuisine, la main de l'un posée sur celle de l'autre, en silence, immobiles. Ils n'allumaient pas la lumière, alors qu'il faisait nuit depuis un moment.

La police, les enquêteurs, l'État ou toute autre personne qualifiée pour ce genre de choses étaient sûrement arrivés à la conclusion que ce couple bien élevé ne savait rien au sujet de son fils. Après deux incursions nocturnes où ils avaient retourné la maison comme un vieux manteau, fouillé dans tous les tiroirs, les isolations et les faux plafonds, on n'avait plus vu personne.

Tout avait changé après son arrestation. Le soulagement d'Emilia depuis qu'elle savait où était son fils ne dura pas longtemps. Et il s'évanouit définitivement quand Paolo et elle furent informés des chefs d'inculpation : trois meurtres qui étaient de véritables exécutions, sans compter les vols à main armée et d'innombrables délits mineurs. Par la suite, Paolo comprit clairement que c'était à ce moment-là qu'Emilia avait commencé à mourir.

Leur fils fut placé en isolement. Pendant des jours. Des semaines. Des mois. Il parlait avec quelqu'un seulement lors des interrogatoires. Quand il revint finalement dans une cellule avec d'autres êtres humains et qu'il put téléphoner chez lui, il bafouillait comme un vieillard. Sa langue ne savait plus effectuer les bons mouvements sur ses dents et son palais. À l'autre bout du fil, Paolo ne saisit pratiquement rien de ce qu'il disait. Emilia le comprit un peu mieux, mais de toute façon la communication fut courte.

La durée réglementaire des appels depuis la prison était celle d'un jeton de téléphone. Au bruit de la pièce qui tombait dans le ventre métallique de l'appareil, il ne restait plus que quelques secondes pour se dire au revoir. Paolo était toujours angoissé par cette hâte fébrile à la fin du coup de fil. « Ciao, porte-toi bien, on s'appelle bientôt » : il aurait presque voulu commencer la conversation par là et ne plus avoir à penser à l'adieu dès le début. Mais il ne le fit jamais.

Lors de ce premier appel après les mois d'isolement, la dernière chose que dit son fils, presque en même temps que le maudit « clic » du jeton, ce fut : « Venez me voir. S'il vous plaît. »

Il ne resta plus ensuite que la sourde tonalité de la ligne coupée.

Paolo et Emilia se rendirent ensemble à la première visite.

Leur fils n'était pas encore dans une prison de haute sécurité, ce qui devait arriver par la suite. Au parloir donc, seule une grande table les séparait de lui. Un gardien veillait à ce que visiteurs et détenus ne se touchent pas, mais si Paolo tendait la main il sentait la chaleur de ce corps si familier qui avait aussi accompli des gestes qui lui étaient inconnus : avec ces mains il avait empoigné des armes, avec ces doigts il avait pressé sur des détentes, avec ces yeux – couleur des prés comme lorsqu'il était petit – il avait visé.

Quand Emilia vit entrer son fils par la porte au bout de la salle, elle se mit à pleurer. Sans arrêt, tout le long de la visite. Des larmes silencieuses, sans gémissements ni sanglots, rien qu'un incessant jaillissement d'eau de ses yeux.

Les cataractes du ciel, se surprit à penser Paolo : sa femme pleurait comme un déluge divin. On aurait dit qu'elle voulait déverser hors d'elle tout liquide organique, se dessécher, se réduire à l'état de momie.

En apparence, il n'en fut pas ainsi. Le corps d'Emilia sortit de ce premier parloir tel qu'il s'était assis un moment plus tôt. Mais en fait, tout le reste s'assécha en elle. Comme un insecte dévoré par des bactéries, dont il ne reste que la coquille vide de kératine.

Lorsque Paolo avait su qu'il allait revoir son fils pour la première fois depuis si longtemps (sa dernière et fugace incursion chez ses parents remontait à deux ans environ), il s'était promis de lui poser toutes les questions qui l'avaient privé de sommeil avant et surtout depuis son arrestation, quand avaient été dressés les chefs d'accusation et que Paolo en avait été informé. Quand on avait déjà montré et reproduit sur les premières pages des journaux la photo de l'homme étendu par terre sur le trottoir avec une auréole de sang et les mains ouvertes. Et la photo de la fillette avec son petit manteau à l'enterrement de son père. Et celle de l'agent de sécurité devant la banque, le buste strié par la ligne noire de la rafale d'une mitraillette. Et celle de la femme enceinte embrassant le cercueil où reposait la casquette réglementaire de son mari.

Mais en réalité, ses questions se résumaient à une seule, de toute façon c'était la seule que Paolo parvenait à formuler :

« Mais qu'est-ce que tu as fait ? Qu'est-ce que tu as fait ? »

Et ce fut celle qu'il lui posa.

Son fils était assis de l'autre côté de la grande table et ne regardait pas sa mère qui, en silence, sans interruption, inondait le monde d'eau salée.

« La révolution », répondit-il.

Paolo repensa presque avec nostalgie au « s'il vous plaît » languissant, entendu quelques semaines plus tôt. Comme si cette supplique au téléphone avait été une pousse verte et tendre née dans un désert. Aussitôt desséchée pourtant – et nul ne saurait jamais quelle plante elle serait devenue.

Son fils ne bredouillait plus. Il poursuivit : « Et làdedans aussi, je continuerai à la faire, la révolution. »

Il est vraisemblable que Paolo s'attendait à cette réponse. Il s'y attendait certainement. Mais il resta tout de même sans voix, comme on reste sans pas devant un mur infranchissable. Ce n'est qu'au bout d'un long silence – tandis qu'Emilia pleurait, pleurait, sans faire le moindre bruit – qu'il lui demanda : « On te donne assez à manger ? »

Ainsi se passa la première fois.

L'introduction de Paolo dans le monde des perquisitions, des listes d'aliments autorisés ou non, de la bureaucratie carcérale. Il y eut tant d'autres visites ensuite, dans des prisons très différentes, avec des gardiens grossiers, débonnaires, brutaux, silencieux, délicats dans les fouilles corporelles ou bien aseptiques, ou même agressifs.

Emilia ne l'accompagna plus. Elle mit quelques mois seulement à mourir.

*

Avec deux visiteurs, on fait vite. Et puis, à part les raviolis, la procédure d'entrée s'était passée sans problèmes. Les entretiens, normaux. À la fin de la rencontre avec leurs parents, il n'y avait pas eu de ces drames, ces implorations, ces larmes, auxquels s'abandonnaient trop d'entre eux, beaucoup trop. C'étaient surtout les femmes des chefs de clan qui tenaient à montrer à leurs hommes combien cette séparation était insupportable. Le gardien Camba soupçonnait justement les femmes qui piquaient des crises de nerfs à la fin de la visite d'être celles qui cocufiaient le plus leurs maris en prison. Naturellement, il avait toujours gardé pour lui cette conviction, il ne tenait pas à finir poignardé.

Si c'était comme ça tous les jours, avait-il pensé quand, à l'annonce que le temps était écoulé, aussi bien la femme que l'homme avaient raccroché le combiné de l'interphone sans protester. Il aurait voulu les récompenser par quelques minutes d'entretien supplémentaires. Mais ils s'étaient aussitôt dirigés vers la sortie, dociles et rapides, et il se demanda si ce serait leur rendre service. Surtout à elle. À la façon dont elle avait détaché la première son regard du visage derrière la vitre, avant même qu'un gardien s'approche pour ramener le détenu en cellule, l'œil expert de Camba avait perçu un vague soulagement. Et la lourdeur avec laquelle elle s'était levée de sa chaise traduisait le poids d'un devoir dont on s'est libéré, plutôt que la tristesse face au vide qui l'attendait chez elle. Elle n'était sûrement pas la première femme qui se séparait de son mari derrière les barreaux avec ce regard : de fatigue, de résignation, de douleur mais aussi, justement, de soulagement.

Bien sûr, pensa le gardien, il pouvait toujours se tromper mais, d'après lui, ces femmes ne cocufiaient pas leur compagnon, si longue que fût encore leur peine. Elles avaient l'air d'avoir déjà une vie assez difficile comme ça sans vouloir se la compliquer davantage.

En revanche, l'homme était resté à regarder derrière la vitre jusqu'à ce que le jeune homme, dont l'uniforme marron ternissait l'éclat de sa jeunesse, fût sorti de la petite pièce des visites pour retourner en cellule. Les parents faisaient toujours comme ça : ils buvaient jusqu'à la dernière goutte la présence de leurs enfants incarcérés.

Camba accompagna les deux visiteurs au fourgon. Le véhicule les attendait de l'autre côté de la porte d'entrée bleu clair, devant cette jolie façade que les proches des détenus d'une prison spéciale auraient pu considérer, à bon droit, comme de la dérision. Les éclairs commençaient à zébrer l'horizon grisâtre. Mais sans aucun bruit, comme si le noir des nuages éteignait, outre les couleurs du monde, le grondement des coups de tonnerre dans le lointain.

« Vas-y, le bateau n'attendra pas, dit le gardien Camba au chauffeur qui fumait en regardant le ciel près du fourgon.

— Cool pour la route ! On va se la taper », répondit l'autre. Il tira une dernière fois sur sa cigarette en creusant ses joues, puis il jeta le mégot par terre. En montant du côté du conducteur, il marmonna, plus pour lui-même que pour les autres : « … comme disent les routiers en passant devant une pute. »

Paolo et Luisa montèrent dans le fourgon en baissant la tête et le chauffeur mit le contact. Le vrombissement du moteur remplit le silence abstrait du lointain orage. Il passa la marche arrière, tourna la tête d'un mouvement fluide – il n'aurait pas aimé rouler sur les parterres de roses et d'aubépines si bien entretenus par des détenus plus chanceux que ceux d'ici. Puis, il redressa le volant et, laissant derrière lui la construction basse de la prison, il se dirigea à toute allure vers le nord de l'Île. Là où le bateau attendait pour emmener les visiteurs en sécurité sur la grande île, avant la tempête.

Paolo et Luisa regardaient dehors sans parler, chacun de son côté, à la merci des secousses. Le fourgon parcourut la fine bande de sable qui séparait la mer d'un étang d'eaux dormantes et noires. Ils passèrent devant un âne albinos qui se mit à galoper près d'eux. La grosse tête blanche resta devant la vitre de Luisa pendant quelques mètres. L'âne avait l'air absorbé et soucieux d'un écolier qui ne veut pas arriver en retard le jour de la rentrée. Lorsqu'il fut distancé, Luisa tordit le cou pour ne pas le perdre de vue. Elle ébaucha même un mouvement de la tête à l'adresse de Paolo comme pour lui dire : « Regarde ! », mais ce dernier avait les yeux fixés sur la ligne côtière et il ne remarqua pas son geste. Entre-temps, le petit âne s'était arrêté au milieu de la route, son doux regard pointé sur le fourgon qui s'éloignait. Luisa lança de nouveau un coup d'œil à Paolo. Elle regrettait qu'il ait raté la scène.

Le vent s'était levé à nouveau. La mer sombre se brisait avec de plus en plus de force contre les rochers. L'eau giclait parfois si haut qu'elle atteignait presque le véhicule. Mais Paolo ne voyait rien, même s'il avait les yeux ouverts. Ni la terre, ni le ciel.

*

Il y avait quelque chose qui ne lui revenait pas chez le nouveau détenu, mais Nitti Pierfrancesco n'aurait su dire quoi. Le silence dans lequel il s'était enfermé, sans fêlures et compact comme un galet ? Non. Les nouveaux arrivés sur l'Île ne voulaient jamais faire la conversation. Son regard fuyant ? Non plus. Les hommes qui osent exposer leur regard ouvertement à celui des autres sont rares en général, alors parmi les pédophiles... Le corps contracté, comme un ressort prêt à sauter ? Rien de nouveau ! Nitti passait toutes les saintes journées de sa vie, en dehors des vacances, au milieu d'hommes vibrants de tension, de colère et de peur. Non, ce n'était pas ça. Mais il y avait bien quelque chose. On ne tient pas dix ans et plus en prison si l'on ne sait pas saisir certains signes.

Il se souvenait encore de son désarroi des premiers jours. Il avait décidé de faire son service dans le corps des gardiens de prison parce que, lors du recrutement, on lui avait promis qu'il n'aurait jamais affaire aux détenus. Tu parles ! La formation des recrues consistait à marcher pendant des heures sous le soleil – préparation indispensable, c'est bien connu, à la vie carcérale. Puis, dès le premier jour de service, allez zou derrière les barreaux et débrouille-toi avec les criminels.

Au début, le moment le plus difficile était le décompte à la relève. La garde montante, la garde descendante et le chef de poste entraient dans les cellules et comptaient les détenus. *Undeuxtroisquatcinqsisepthuitneufdixonzetroisquatcinqsix.* Il avait du mal à suivre le virelangue trop rapide de ses collègues. Son rôle était de s'assurer qu'on n'oublie personne et de vérifier sur une liste où se trouvaient les absents : à l'économat, à l'infirmerie, dans les champs à surveiller les bêtes. Bref, pas évadés. La nuit, on les comptait à trois heures et pas à travers l'œilleton : il fallait entrer dans chaque cellule pour vérifier que les silhouettes dans les lits n'étaient pas des mannequins mais bien des hommes. De temps en temps, pour voir si Nitti suivait bien, les gardiens plus anciens comptaient deux fois le même corps allongé. S'il ne les avait pas corrigés, il aurait eu à répondre d'un détenu manquant à la relève suivante. Le message était clair : mieux valait ne pas être distrait.

Et lui n'était pas distrait, il se concentrait, puis il rentrait chez lui encore terrorisé à l'idée de s'être trompé. Avec le temps, il devint plus maître de lui et plus décontracté. L'expérience lui apprit peu à peu que tel détenu était là à cette heure-là, cet autre au contraire ailleurs. Jusqu'au moment où il sut lui aussi compter à toute vitesse, crachant les chiffres par la bouche comme les copeaux d'un rabot.

Et le dimanche, dans la petite église, il baissait la tête et joignait sa voix à celle de ses collègues et de l'aumônier pour prier ensemble.

De la grisaille des prisons, où l'humanité qui a violé les lois des hommes expie ses propres fautes, nous voulons, ô Seigneur, que notre esprit, surmontant toutes les barrières, s'approche de Toi pour recevoir foi et constance dans l'accomplissement de notre devoir. Inspire-nous, ô Mère de Dieu, miséricorde pour ceux qui souffrent, afin de concilier en nous le sentiment fraternel et la nécessité du devoir. Donne-nous, ô saint Basilide, la force de servir notre Patrie, nos unités, nos familles et les frères qui nous sont confiés. Bénis-nous, ô Seigneur !

Dès leur descente de bateau, Nitti avait escorté le nouvel arrivé au Quartier Central pour les formalités d'enregistrement. On avait pris ses empreintes, on lui avait donné un numéro matricule, on l'avait dépouillé de ses effets personnels. À présent, l'homme était en train de mettre son uniforme carcéral derrière un paravent. Quand il en sortit, vêtu de ce pyjama informe couleur crotte de mulet, il était définitivement devenu ce qu'étaient les détenus aux yeux des gardiens, persuadés que ceux-là n'en savaient rien. Ce n'était plus un homme maintenant, ni un citoyen, et il n'était un détenu que pour l'administration ; à partir de ce moment, pour Nitti Pierfrancesco comme pour tous ses collègues, il était un *chamois*.

Aujourd'hui, il y avait seulement ce pédophile – ou peut-être violeur – à accompagner à la petite prison à laquelle il était destiné ; il n'y avait pas d'autres nouveaux chamois ce jour-là. Nitti s'assit près de lui à l'arrière de la Fiat tandis que le chauffeur faisait grincer l'embrayage et tournait le volant dans les virages de la route blanche.

« Pourquoi tu vas si vite ? » rouspéta le gardien de prison.

Leurs têtes venaient de taper contre la paroi métallique pour la énième fois dans un tournant pris à trop vive allure.

« Tu vas tous nous tuer comme ça !

— Ce serait trop beau… », murmura le détenu.

Pierfrancesco se tourna brusquement vers lui. Pendant les formalités d'admission à la prison, les questions posées à l'homme ne prévoyaient qu'une seule réponse, « oui », et chaque fois il s'était contenté d'acquiescer d'un signe de tête. C'était donc la première fois que Nitti entendait le son de sa voix. Une voix enfantine, aiguë, impertinente. Elle n'avait rien à voir avec le corps trapu et compact d'où elle était sortie. Comme si, au lieu de venir d'un homme menotté, en uniforme carcéral par-dessus le marché, elle émanait de la bouche d'une petite fille gâtée, qui menace de caprices et de hurlements si on ne l'écoute pas.

Nitti Pierfrancesco regarda le détenu dans les yeux, comme s'il espérait trouver un lien entre ce visage et cette voix. Il n'en trouva pas et ressentit le trouble que l'on éprouve devant un mystère.

L'homme sembla ne pas attacher d'importance à son regard déconcerté, ou bien il était habitué depuis longtemps à ce genre de réaction. Il n'attendait pas de réponse et reprit la position qu'il avait adoptée durant la traversée : la tête basse, ses fortes épaules voûtées, le regard vide fixé à mi-chemin entre le sol et son propre nez.

Le chauffeur prit encore un tournant trop vite. De nouveau, les têtes du gardien et du détenu tapèrent contre la paroi du véhicule. Mais cette fois-ci aucun des deux n'ouvrit la bouche.

Nitti regarda par la vitre. Des nuages noirs s'étaient accumulés dans le ciel. On aurait dit des draps de prison : en tissu rêche et épais, du genre de ceux qui ne se déchirent jamais. C'est alors que le nouveau détenu se leva de la banquette, les poignets menottés. Il resta debout quelques instants dans un équilibre précaire au milieu des secousses de la Fiat. Puis, avec un hurlement qui n'avait presque rien d'humain, il se jeta sur l'agent carcéral.

*

Le fourgon dans lequel se trouvaient Paolo et Luisa avait abandonné la plaine et recommençait à monter. La route s'enroulait sur elle-même dans les virages. Elle n'avait rien à envier à celles qui grimpaient dans la montagne chez Luisa, si ce n'est qu'elle ne surplombait pas la gorge d'un fleuve, ou une vallée, mais des falaises de couleur rose. Du côté opposé, on avait creusé la paroi rocheuse pour élargir la chaussée, mais même ainsi deux véhicules y passaient à peine. Le chauffeur regarda rapidement sa montre tout en braquant, les muscles de ses grosses épaules et de ses bras tendus comme des ballons. Il appuya donc sur l'accélérateur, tandis que les roues du fourgon effleuraient le bord du précipice. Ce n'est qu'à la sortie du virage qu'il vit la voiture arrivant dans la direction opposée. Elle était à quelques mètres d'eux.

La Fiat Campagnola avançait à toute vitesse, mais en zigzaguant. On aurait dit un taureau blessé. Elle ne semblait pas ralentir, comme d'habitude quand deux véhicules se croisaient sur cette piste étroite, au contraire elle piquait droit sur eux. Le chauffeur du fourgon braqua de toutes ses forces d'abord à gauche, puis à droite, puis de nouveau à gauche, évitant d'un cheveu l'impact frontal. Il réussit de la sorte à ne pas s'écraser contre les rochers ni à plonger dans la mer et s'arrêta au milieu de la route quelques dizaines de mètres plus loin. La Fiat, en revanche, continua sa course en dérapant. Pendant un moment interminable, elle racla de tout son long la paroi rocheuse dans un grand bruit de ferraille, comme si elle voulait emporter un bout d'Île. Alors seulement, elle s'arrêta enfin.

Le chauffeur du fourgon, sans souffler une seconde, ouvrit la portière, sortit et courut voir.

On aurait dit que les occupants de la voiture étaient passés dans un mixeur. Aucun n'était à la place où il aurait dû se trouver. Le chauffeur était encastré sous le tableau de bord, la tête en bas. Nitti était par terre près d'une des deux banquettes latérales, le corps allongé sur celui du détenu à plat ventre, la bouche en contact avec son oreille. On aurait dit une position de tendre intimité, si ce n'est que, de sa main grande ouverte, il lui écrasait la tête au sol. Et qu'il lui criait, comme un dompteur à un cheval qui s'emballe : « Oooh, oooh ! »

Le détenu essaya de lever la tête, mais Nitti lui donna un coup de poing. Puis, il rouvrit la main et se mit à lui cogner le visage au sol par rebonds successifs, et chaque fois que l'autre essayait de le relever il le lui écrasait de nouveau, concentré comme un joueur de basket qui dribble au bord du terrain avant une rencontre importante. On entendit un craquement : le cartilage du nez du détenu qui se brisait.

« Nitti. Allez. Ça suffit. »

Le gardien leva les yeux et vit le chauffeur du fourgon. Comme étonné de se trouver ainsi, à cheval sur le détenu, il s'arrêta.

Entre-temps, le chauffeur de la Fiat s'était extirpé du

renfoncement dans lequel il avait atterri. L'air ahuri, il se releva et cligna des paupières. Puis, il sortit avec lenteur du côté intact du véhicule, côté mer, le seul qui avait encore une portière digne de ce nom. Une spirale de fumée noire se dégageait du moteur.

Le nez du détenu s'était mis à saigner, salissant le sol du véhicule. Nitti menotta son poignet au pied de la banquette et il tacha ainsi sa veste de sang. Puis, il se leva à son tour, remuant un à un les membres de son corps comme pour en faire l'appel : jambes, cou, bras… Oui, tout y était encore. Une fois debout, avant de sortir par la porte arrière, il se retourna. Le détenu, immobilisé, la joue contre le sol, le regardait de bas en haut.

« Mauvais début, lui dit Nitti à voix basse. Très mauvais. Tu ne sais pas à quel point tu vas le regretter, ce début-là.

— Mais qu'est-ce qui s'est passé ? » demanda le chauffeur du fourgon, apparaissant à l'arrière de la voiture.

Nitti descendit d'un petit saut prudent. Oui, ses jointures aussi fonctionnaient encore.

« Je ne sais pas ce qu'il lui a pris, répondit le chauffeur de la Fiat. Il s'est mis à hurler comme un fou, il s'est dressé et s'est jeté à l'avant en essayant de prendre le volant. »

Et, en boitant, il les rejoignit derrière le véhicule.

« J'en ai vu de belles… », dit-il.

Paolo et Luisa s'étaient approchés eux aussi, mais personne ne faisait attention à eux.

« … comme dit la marquise en marchant à poil sur les miroirs ! » conclut le chauffeur du fourgon.

Encore une fois, l'homme avait marmonné tout bas sa plaisanterie, sans sourire, comme s'il lui était égal qu'on l'entende. C'est peut-être pour ça qu'elle fut accueillie par un silence perplexe.

Pourtant, au bout d'un moment de réflexion, Nitti éclata de rire, imité à son tour par l'autre conducteur. Alors seulement, les lèvres du chauffeur du fourgon se plissèrent et il se joignit à eux, en commençant à balancer ses solides épaules d'avant en arrière. Son rire renforça celui de Nitti et de l'autre chauffeur, qui mit une main sur sa poitrine avec une grimace de douleur : « Aïe ! Ne me faites pas rire… », dit-il en montrant ses côtes.

Mais il ne s'arrêtait pas, au contraire, plus il s'y efforçait moins il y parvenait, jusqu'à ce qu'il eût les larmes aux yeux, et impossible de savoir si c'était d'hilarité ou à cause de la douleur de sa cage thoracique.

Paolo les regardait tous les trois, interdit. Il avait du mal à croire que dans un tel moment il ait pu entendre une réplique aussi… aussi… inepte ? Vulgaire ? Absurde ? Il cherchait le bon adjectif. Voilà : *incongrue*, aurait dit Emilia. Mais par une sorte de contagion musculaire, il se surprit à entrouvrir les lèvres, à serrer les dents – dans un rictus plus que dans un éclat de rire. Malgré tout, il s'abandonna lui aussi à ce rire d'hommes qui avaient eu peur de mourir et qui se retrouvaient encore en vie.

Seule Luisa se taisait. Elle s'était approchée de la Fiat toute cabossée avec Paolo et maintenant elle restait debout, hésitante et muette. Elle aurait bien voulu participer au fou rire, mais elle n'arrivait pas à en comprendre la raison. Et, en la voyant là qui les regardait, les hommes cessèrent de rire l'un après l'autre, à commencer par Paolo. Nitti fut le dernier à reprendre son sérieux. Il recomposa son visage comme on range un salon après une fête.

« Je demande au Quartier Central de nous envoyer un véhicule », dit-il.

Il fit le tour de la voiture et disparut de la vue des autres. Les chauffeurs et les deux visiteurs restèrent là, sous les coups de fouet du vent qu'ils prenaient en pleine figure, sans parler, sans se regarder. L'intimité inattendue donnée par le rire les avait laissés encore plus étrangers et embarrassés. Deux voix arrivaient de l'avant du véhicule, celle de Nitti et une autre grésillante d'électricité statique.

« Au moins la radio marche encore », dit le chauffeur de la Fiat.

Il n'était pas aussi grand que Nitti ni aussi musclé que le chauffeur du fourgon. Il donnait l'impression d'avoir été un de ces enfants persécutés par les plus forts à l'école. D'une main sous son bras, il comprimait sa côte fêlée.

Au bout d'un moment, les deux voix se turent et Nitti réapparut. Il avait les lèvres pincées.

« Qu'est-ce qu'ils disent ? » demanda le chauffeur du fourgon.

Nitti montra l'intérieur de la Fiat derrière lui et le détenu allongé et immobilisé.

« Qu'il faut conduire ce chamois fou à la petite prison avec ton fourgon. Ils n'ont aucun véhicule à nous envoyer pour l'instant.

— Mais moi je ne peux pas. Je dois les emmener eux ! » Le chauffeur pointa le doigt vers Paolo et Luisa.

« De toute façon, ils n'arriveraient pas à temps, dit Nitti. Le bateau est en train de lever l'ancre.

— Comment ça, en train de lever l'ancre ? dit Paolo.

— Le capitaine dit qu'il ne peut pas rester bloqué ici par le mistral. Il doit rentrer au port.

— Et nous ? Il ne peut pas nous laisser ici ! insista Paolo.

— Mais alors... comment allons-nous rentrer chez nous ? » dit Luisa.

Ils la regardèrent tous, comme étonnés qu'elle ait une voix elle aussi.

Nitti montra la mer. Elle était sombre comme de l'ardoise, mais couverte de crêtes ; on aurait dit un champ noir où passait un troupeau de créatures blanches.

« D'ici peu, le mistral va se lever, et alors plus personne ne rentrera chez soi. »

Au même instant, le vent déjà fort eut une accélération et les frappa au visage comme une claque. Tous, sauf Paolo. Il n'avait pas tourné la tête vers les eaux moutonneuses. Il regardait à l'intérieur de la Fiat.

Le détenu avait les poignets menottés autour d'un tube métallique, la joue toujours écrasée au sol, le nez d'où sortaient deux filets rouges, en forme de guirlandes. Il regardait Paolo avec des yeux écarquillés de victime sacrificielle.

*

Paolo et Luisa étaient seuls.

En réalité, il y avait aussi le chauffeur de la Fiat déglinguée, mais il était allé se terrer à la place du conducteur comme un escargot dans sa coquille. De l'arrière, où ils se trouvaient, on ne voyait ni n'entendait rien.

« Il faut que quelqu'un reste avec ces deux-là, lui avait dit Nitti. Ils ont de la famille à la Spéciale. »

Même si on ne voyait pas bien ce que Paolo et Luisa pourraient faire sans surveillance. Errer au milieu de l'Île fouettée par le vent ? S'enfuir dans cette épave ? Organiser une évasion ? Quoi qu'il en soit, c'était l'ordre donné par la voix métallique du Quartier Central : « Ne les laissez seuls sous aucun prétexte. »

Nitti avait fait monter le détenu dans le fourgon qui avait ensuite disparu derrière le virage en épingle à cheveux. On ignorait combien de temps il mettrait pour revenir les chercher.

Luisa et Paolo montèrent dans la Fiat pour se protéger du vent. Paolo fit mine de fermer la porte arrière.

« Qu'est-ce que je fais, je la ferme ? »

Elle remua à peine la tête. Et il réagit avec un évident soulagement à son refus.

« Oui... c'est mieux ouvert. »

Il laissa la porte entrouverte et s'assit à côté d'elle. Luisa se poussa pour lui faire de la place sur la banquette en fer. Mais ce n'était pas la peine, quatre personnes auraient pu y tenir. Tandis qu'il s'installait, Luisa leva les yeux vers lui. Paolo remarqua qu'elle avait un cercle noir parfait autour de ses iris bleu clair. *Comme un jardin entouré d'un mur*, se surprit-il à penser.

Ils restèrent assis en silence. Ainsi côte à côte, il la dominait à peine de la tête. Les rafales de vent frappaient de plein fouet le fourgon sans pour autant l'ébranler, encastré comme il l'était dans la roche. L'arrière était sous le vent, et l'air qui entrait par la portière ouverte soulevait légèrement les cheveux et la jupe de Luisa, mais sans l'incommoder.

Le cap rocheux continuait vers l'intérieur dans une succession d'escarpements de plus en plus âpres. Au loin, l'Île culminait dans un sommet à pic, isolé et presque alpin. À l'autre bout de la baie, les ruines d'une tour à plan circulaire se dressaient sur un promontoire arrondi et vert. On aurait dit un bout d'Irlande jeté en pleine Méditerranée. Devant eux, la route suivait la mince bande de terre qui séparait un étang d'arrière-dunes de la mer. À chaque vague, les flots menaçaient d'engloutir la route et de réunir les deux eaux. Pas très loin de la voiture, dans la vaste plaine qui précédait l'étang, un groupe de chevaux sauvages. Ils étaient immobiles, les yeux entrouverts, d'une patience sans bornes. Tous étaient tournés dans la même direction : tête sous le vent, postérieur côté mistral.

« Ils se préparent à la tempête, fit Paolo.

— Les vaches font mieux, répondit Luisa.

— "Elles font mieux" ?

— Elles, elles se couchent par terre.

— Vous vous y connaissez, en animaux...

— Eh bien. J'en ai trente-sept.

— Trente-sept ! Que faites-vous, vous dirigez un zoo ?

— Non. Je suis une paysanne. » Elle le dit comme ça, sans montrer qu'elle avait perçu la pointe d'ironie, comme un fait réel et concret : elle n'était pas directrice de zoo mais bien une paysanne.

« Et quels sont ces animaux ?

— Douze vaches. Trois veaux. Un bœuf. Huit poules.

Un coq. Des poussins, non, pas en cette période de l'année. Six lapins. Deux chats. Trois chèvres. Et un paon. Un mâle qui fait la roue.

— Un paon ! C'est magnifique !

— Oui. Il est beau. Pas sa voix, elle est laide. Mais il a de belles plumes... Vous avez déjà eu une plume de paon ?

— Euh ? Je ne sais pas. J'en ai touché, oui.

— Ça porte bonheur. Surtout la dernière.

— Quelle est la dernière ?

— La dernière qui tombe. Qui se détache du... » Elle désigna de la main son postérieur sur la banquette. « Chaque année, quand ils étaient petits, mes enfants lui couraient derrière et essayaient de... » Elle ferma la main et fit semblant d'arracher quelque chose.

« Pauvre paon ! dit Paolo.

— Non, non, il était malin et il s'enfuyait. Ils n'arrivaient jamais à la lui arracher en réalité. Ensuite, la plume tombait toute seule et alors ils se bagarraient. Elle est à moi ! Non, à moi ! C'est moi qui l'ai vue le premier ! Moi je l'ai prise ! Tous les ans, la même histoire. Et finalement, ils me l'apportaient pour me l'offrir. Alors seulement, ils cessaient de se disputer. À présent, j'ai beaucoup de plumes de paon sur le buffet. C'est pour ça que j'ai de la chance. »

Et elle haussa les sourcils comme pour dire : « C'est bien vrai. »

Paolo faillit écarquiller les yeux.

« De la chance ? »

Il hocha la tête, incrédule. Il regarda dans la direction d'où ils étaient venus.

« À qui avez-vous rendu visite ici ?

— À mon mari.

— Votre mari est dans une prison de haute sécurité et vous… vous trouvez que vous avez de la chance ? »

Luisa fixa ses chaussures en réfléchissant. Paolo se rendit compte avec effarement qu'une fois de plus elle avait pris sa question au pied de la lettre.

« Eh bien… oui, répondit-elle en effet, pensive. Ça, par exemple. »

Elle fit un geste ample qui incluait le véhicule et la mer qu'ils n'étaient pas en train de retraverser et l'Île sur laquelle ils étaient bloqués.

« Si c'était arrivé il y a quelques années, ça aurait été plus difficile. Mais maintenant, mes enfants sont grands. Un jour de plus tout seuls… »

Elle haussa les épaules et les laissa retomber avec une visible insouciance. « Tant pis ! C'est de la chance, non ? »

Elle finit sa phrase ainsi, par un « non ? » interrogatif. Comme pour laisser ouverte une alternative tout à fait différente : « je me trompe ? », « ce n'est peut-être pas comme ça ? ». Aussi sérieusement qu'elle avait accueilli les questions de Paolo, elle lui demandait maintenant la confirmation de ce qu'elle venait de dire.

Il porta une main à sa tempe, cligna des yeux et hocha la tête. Il avait honte.

« Pardonnez-moi. Je n'avais aucun droit de vous parler de la sorte.

— Pourquoi ? Vous n'avez rien dit de mal. »

Luisa leva vers lui un regard qui ne la montrait ni blessée ni agacée.

« Et vous, vous avez rendu visite à qui ici ? lui demanda-t-elle.

— À mon fils. »

Elle acquiesça comme si elle s'attendait à la réponse.

« Un fils. C'est moche. »

Durant toutes ces années, Paolo n'avait jamais eu de rapports étroits avec les familles des autres détenus. Il en avait connu beaucoup, naturellement. Des parents comme lui, des pères et des mères, mais aussi des épouses, des frères, des sœurs. Certains étaient en colère, d'autres déprimés, presque tous désespérés. D'autres étaient possédés par une sorte de fureur, une énergie fébrile qui suscitait presque de l'envie chez Paolo. En revanche, il avait connu très peu d'enfants de détenus, à part quelques-uns en bas âge. Ceux qui s'étaient engagés dans cette voie – clandestinité d'abord, prison ensuite – l'avaient fait jeunes, même très jeunes parfois : bien peu avaient eu le temps de se reproduire avant. L'objet de toute leur tendresse et de leurs soins était la lutte armée qui, à la différence d'un enfant, pouvait grandir aussi dans des appartements loués sous un faux nom. De temps en temps, dans les parloirs des prisons, on voyait un petit dont s'occupaient des grands-parents désemparés par l'énormité de ce qui était arrivé à leur famille. Mais Paolo n'avait jamais rencontré de fils ou de filles adultes de détenus.

Plusieurs fois, des parents de prisonniers politiques l'avaient invité à se joindre à leur association. Il s'était toujours dérobé, alléguant de vagues excuses peu crédibles qui avaient éveillé méfiance et embarras, il en était conscient. Il n'était pourtant pas sans apprécier leur travail. Ils étaient souvent les seuls à dénoncer les conditions de vie dans les prisons : les périodes d'isolement prolongées au-delà de tout motif légitime, la privation arbitraire des contacts avec l'extérieur, la surpopulation, les cellules parfois dépourvues du minimum d'hygiène. Et surtout, ils se battaient contre la législation sur l'état d'urgence, qui permettait d'inculper de très graves délits (crime en réunion, attentat à des fins terroristes ou subversives) des personnes dont le seul tort était d'avoir eu en dépôt des documents dont ils ignoraient le contenu, ou hébergé un ami d'amis pour une nuit, ou dont le numéro de téléphone avait été retrouvé dans le mauvais agenda.

Paolo connaissait de nombreux cas où l'État avait agi avec une cruauté impassible. Par exemple, une nuit, la femme d'un homme en cavale avait vu arriver les gendarmes chez elle à l'improviste : son mari avait caché à son insu des armes dans le berceau de leur bébé. Elle fut emmenée à la caserne, plus jamais relâchée et condamnée ensuite à trente ans pour complicité. L'enfant fut confié aux services sociaux. Durant de longues semaines après son arrestation, la femme avait continué à tirer sur ses mamelons et à masser sa poitrine, tandis que le lait tachait son uniforme de détenue. Elle n'eut plus de nouvelles de son mari. Des années plus tard, il paraît qu'il fut repéré dans un pays tropical. Elle se mit à parler avec les anges qui, soutenait-elle, venaient lui rendre visite tous les soirs dans sa cellule.

Quand Paolo apprenait ces histoires, ruisselantes de souffrance comme un liquide de putréfaction, il n'éprouvait qu'un seul désir : en rester éloigné. Se réfugier dans sa propre et unique douleur. Aiguë, peut-être insupportable, mais du moins familière. Et alors, il se mettait à passer en revue des photos. D'Emilia, jeune épouse. De son fils enfant tenant son premier cartable. De tous les trois heureux dans le jardin de Framura. Des images du paradis qui lui permettaient de mesurer, avec une implacable exactitude, l'abîme de la chute.

Puis, il y avait les parents que personne ne rencontrait, ceux qu'on ne voyait ni dans les parloirs, ni sur les bancs des tribunaux. Le père d'un compagnon de cellule de son fils, par exemple, un dirigeant du plus important parti d'opposition. Quand le jeune homme sortit d'une très longue période d'isolement, il écrivit à ses parents : « Maman, papa, je ne me rappelle pas qui je suis, je vous en prie, venez ici, aidez-moi à me souvenir. » Mais, même alors, le père ne vint pas rendre visite à son fils en prison, et l'interdit aussi à sa femme.

Parmi les parents des détenus, Paolo était le seul à ne pas le juger avec mépris. Les autres en parlaient comme d'un homme d'appareil, un politique qui, pour protéger son parti d'accusations de rapports avec le terrorisme, ignorait ses devoirs de père. Paolo ne voyait pas les choses ainsi. Lui qui avait été présent en salle d'audience à toutes les instances des procès contre son fils, qui s'était rendu dans les prisons chaque fois que l'administration l'y avait autorisé, qui avait fait d'innombrables demandes de permis de visite supplémentaires, bref qui n'aurait pu se comporter de façon plus différente que ce père-là, eh bien oui, il le comprenait. Combien de fois n'avait-il pas désiré mettre entre lui et son fils un mur, un fossé, une mer, un océan, une distance sidérale, n'importe quoi, pour ne plus en entendre parler. Il ne pouvait se sentir meilleur uniquement parce que, à la différence de l'autre, il avait surmonté ça.

À part ces cas isolés, presque tous les parents des détenus faisaient partie de l'association. Ils se battaient pour des conditions de détention plus dignes et plus humaines, pour le respect des droits juridiques élémentaires, qui n'était autre que le respect de la Constitution. Il était impossible de ne pas être d'accord avec eux, et Paolo l'était. Mais depuis la mort d'Emilia, il n'arrivait plus à trouver en lui aucune force pour quoi que ce soit, alors encore moins pour cet activisme dans lequel il percevait le refus d'admettre l'autre moitié de l'histoire. Ou plutôt le motif, la raison, la cause primaire pour laquelle ces fils, maris et frères étaient en prison. C'était un refus parfois rageur, parfois douloureux, toujours humain, mais qui lui était étranger – et il avait envie de dire : *malheureusement.* Paolo ne parvenait pas à partager avec ces parents la conviction que le seul coupable d'abus et de violences était l'État qui gardait en détention leurs êtres chers.

En revanche, il avait toujours présente à l'esprit la raison pour laquelle son fils était en prison. Il l'avait même toujours sur lui, dans son portefeuille. La photo de la petite fille au manteau noir veillait afin qu'il n'oublie jamais.

Paolo se tourna vers la femme qui était assise à côté de lui.

Un fils. C'est moche.

C'est ce qu'elle lui avait dit. Et Paolo avait senti un souffle chaud se répandre entre ses côtes. Il n'aurait su expliquer pourquoi, ou peut-être que si. Au fil des ans, les gens lui avaient offert consolation, pitié, certains conseils – car il se trouve des gens pour donner des conseils même à un homme dont la femme s'était laissée mourir parce que son fils était un assassin. Mais personne jusqu'alors ne lui avait donné l'impression d'être compris, avec autant de simplicité.

« Oui, dit-il, c'est moche. »

Il laissa échapper un de ses soupirs sonores involontaires. Un court instant, il sentit sa poitrine s'alléger. Ce qui ne lui était jamais arrivé auparavant.

Un fils. C'est moche.

En effet, il n'y avait vraiment rien d'autre à dire.

*

Luisa se rendait dans les prisons depuis bien plus longtemps que Paolo. Presque dix ans s'étaient écoulés depuis la nuit où trois gendarmes avaient emmené, en même temps que son mari, tout ce qu'elle croyait savoir de sa vie. C'est lui qui avait ouvert la porte. Quand le plus haut gradé lui avait demandé si c'était bien son nom, il avait répondu : « Oui. »

Il avait pris son manteau, l'avait enfilé, avait offert ses poignets aux menottes. Pas un regard, pas un mot – d'explication, de consolation, d'excuse, de colère, n'importe quel mot – pour elle qui était debout la bouche entrouverte, les paupières gonflées de sommeil battant comme des oiseaux en cage. Et puis, il n'avait plus été là, et avec lui les trois hommes en uniforme s'étaient évanouis également comme un mauvais rêve, sortis par la porte que personne n'avait refermée. Luisa, raidie par le gel qui venait de la cour enneigée, parvenait seulement à penser que c'était un cauchemar. Forcément. Elle était devenue somnambule, comme le prouvait son corps qui ne répondait pas.

Quand elle fut à nouveau capable de bouger, elle alla s'asseoir à la cuisine. Elle se mit à faire glisser ses doigts sur les veines de la table en pin, et puis à les compter. Ce n'était pas une tâche facile : les lignes étaient fines, pas très nettes. Elle devait les suivre de son index si elle ne voulait pas perdre le fil et tout recommencer chaque fois du début. Luisa se donna une méthode : arrivée aux multiples de dix, elle s'arrêtait un instant avant de continuer. Elle ne fit que ça pendant des heures : la table, les veines, les nombres scandés les lèvres entrouvertes.

La maison était plongée dans la paix dense des enfants endormis. L'arrestation avait été si rapide et calme qu'aucun de ses cinq enfants ne s'était réveillé.

Quelques jours plus tard, les gendarmes convoquèrent Luisa à la caserne. Ils voulaient mieux comprendre qui était son mari. Tuer à mains nues un homme n'est pas chose facile, même en état d'ivresse. Ils lui demandèrent quel genre de personne il était.

Luisa ne parla pas de l'excursion en montagne où il avait failli la jeter dans le précipice. Ni des fois où elle avait dit à la voisine qu'elle avait trébuché, qu'elle s'était cognée sur le coin du buffet ou qu'elle n'avait pas vu une poutre juste à la hauteur de sa pommette droite. Elle ne parla pas du jour où Ciriano, encore tout petit, son père à ses trousses, s'était caché dans ses jupes, et où elle lui avait servi de bouclier. Au sens propre : avec son visage, puis sa poitrine, enfin avec le reste de son corps une fois tombée à terre, tandis que l'enfant tentait d'arrêter son père avec sa sœur aînée accourue en entendant les cris. Anna et Ciriano étaient encore petits, mais ils s'étaient cramponnés au dos de cette montagne d'homme qu'était leur père pour qu'il cesse de donner des coups de pied à leur mère. Et en effet, il avait cessé.

Il était resté au milieu de la pièce les bras le long du corps, s'était mis à pleurer, l'avait aidée à se relever, avait essayé d'embrasser ses deux enfants. Mais ils avaient déguerpi et alors il avait serré sa femme dans ses bras en implorant son pardon. Elle s'était levée chancelante et avait seulement dit: « Va traire les vaches. C'est bientôt l'heure de dîner. »

Elle ne raconta pas tout ça aux gendarmes. Elle dit autre chose qui était tout aussi vrai.

« Il travaille toute la journée. »

« Il ne nous a jamais fait manquer de rien. »

« Il est honnête. »

Elle parla du jour où elle avait acheté un balai à un vendeur ambulant qui passait de maison en maison. Une fois à la cuisine, elle s'était aperçue que l'homme lui avait donné dix lires de trop en lui rendant la monnaie. Avec dix lires, on pouvait acheter un bonbon, ou même deux. Son mari avait exigé qu'Anna, qui avait sept ans à l'époque, coure sur la route derrière le marchand pour lui rendre sa petite pièce.

Quand les gendarmes la laissèrent rentrer chez elle, Luisa prit ses enfants avec elle dans son lit. Tous, pas seulement les plus petits. Anna avait onze ans, Ciriano dix, Maddalena sept, Irene cinq, Luca deux. Elle voulait les serrer contre elle, l'un après l'autre, aspirer leur odeur comme lorsqu'elle les allaitait. Les trois plus jeunes se glissèrent dans les plis de ses bras, tandis que les deux grands échangeaient des regards perplexes : cela faisait des années que leur mère ne les prenait plus dans ses bras. Ils se pelotonnèrent donc contre elle, vaguement embarrassés, mais aussi avec un plaisir inattendu. À ce moment-là seulement, Luisa se rendit compte que, tant que son mari serait en prison, elle ne partagerait plus ce lit avec lui. Et elle éprouva un indicible et obscur soulagement.

Le matin suivant, il y avait les vaches à traire, le linge à laver, les enfants à nourrir. Luisa passa de l'eau sur son visage, attacha ses cheveux et se mit au travail. Elle s'affaira toute la journée comme si elle avait su tout ça depuis toujours. Depuis le matin de ses noces, quand les amis de son mari l'avaient enlevée elle, la mariée, et que sa famille était accourue pour la sauver au milieu des coups de klaxon, des cris et des rires ; depuis le moment où sa plus jeune cousine avait apporté les anneaux à l'autel sur un coussin ; depuis la promesse faite devant Dieu et les hommes qui disait oui je te prends jusqu'à ce que la mort nous sépare. Comme si, à chacun de ces moments-là, Luisa savait déjà, avait déjà tout pris en compte et déjà tout prévu. C'est-à-dire que l'homme qu'elle épousait serait un jour condamné à plusieurs dizaines d'années de prison pour avoir tué un homme à mains nues avec les circonstances aggravantes des « motifs futiles » – comme dit le jugement. Et que, au bout d'un certain temps, il devrait encore écoper d'autres dizaines d'années de prison pour avoir tué un agent carcéral « dans l'exercice de ses fonctions ». Comme s'il n'y avait donc pas lieu de protester, de se plaindre ou de s'indigner, mais seulement de faire ce qui était nécessaire : donner du foin aux bêtes, vendre le lait, s'occuper de ses cinq enfants, et tout ça sans mari.

Cela faisait désormais dix ans qu'elle le faisait.

*

Paolo vit que la femme le dévisageait.

« Vous êtes professeur ? » demanda Luisa.

Paolo haussa les sourcils. Son front se couvrit de plis comme un drap mal tendu.

« Ça se voit tant que ça ?

— Que vous avez étudié ? Oui.

— Et à quoi donc ? »

Luisa le regarda avec l'expression d'un peintre qui étudie sa toile. Paolo n'aurait pas été étonné de la voir se lever et faire un pas en arrière pour mieux examiner ses traits. Mais ils étaient assis sur la banquette d'une Fiat Campagnola du corps des gardiens de prison et derrière elle, au-delà de la portière ouverte, il n'y avait que l'Île fouettée par le mistral. Elle resta assise.

« Je ne sais pas. Mais ça se voit.

— J'étais professeur d'histoire et de philosophie au lycée.

— Philosophie… C'est difficile ! »

Il avança sa lèvre inférieure.

« Bah… Ça dépend. De toute façon, je la préfère à l'histoire.

— Pourquoi ?

— L'histoire se fait avec des armes. La philosophie avec des idées.

— Et maintenant ?

— J'ai arrêté. Je reste à la maison.

— Vous êtes à la retraite ?

— Non. »

Elle fixa à nouveau son visage de ses yeux clairs. Paolo pensa : *Qu'elle s'adresse à moi, aux chevaux ou à la mer, son regard ne change pas, et de toute façon elle va me demander des explications maintenant.*

Et en revanche : « Je vous trouvais trop jeune pour un retraité. Qu'est-ce que vous faites toute la journée ? »

Paolo regarda par la porte arrière. La pluie ventée s'était mise à crépiter. Pour couvrir le vacarme des gouttes sur le toit de la voiture, il dut presque crier.

« Je lis. Je marche. Ma sœur m'a offert un chien. Voilà : je vais promener mon chien. Quand on me donne une autorisation, je viens voir mon fils.

— Et maintenant où est-il ?

— Mais ça vous le savez.

— Quoi ? »

Les yeux de la femme reprirent leur fixité. Et pourtant, Paolo était sûr qu'il ne s'agissait pas d'un manque d'intelligence ni d'aisance dans la conversation.

« Je dis : la seule chose que vous savez sur moi, c'est où se trouve mon fils.

— Non. Pas votre fils. Votre chien.

— Ah… À la maison.

— Qui lui donne à manger aujourd'hui ?

— Quand je pars, je le laisse à ma sœur. Heureusement, je n'ai qu'un seul animal et pas trente-sept. » Et il lui sourit.

Elle ne lui rendit pas son sourire. « Oui, un seul c'est plus facile. »

C'était donc ça, pensa Paolo : une sorte de surdité à l'ironie, à l'hyperbole, aux nuances. Et aussi à ces minuscules abîmes que sont les malentendus. Comme celui sur le chien, par exemple.

« Oh !... » s'écria soudain Luisa. Elle avait brusquement tendu le doigt vers la porte arrière comme si elle voulait le lancer dehors.

Juste devant eux, à quelques mètres du véhicule, il y avait un sanglier, un mâle. Son sous-poil déjà hivernal, trempé de pluie, était collé à sa couenne. Ses crins dressés et durs épaississaient tellement son cou que sa tête semblait ne faire qu'un avec son torse de barrique. De la pointe de ses canines supérieures coulaient des gouttes de pluie, comme de deux stalactites. Son groin était tourné vers l'intérieur et il les fixait de ses yeux petits mais incroyablement doux, comme des yeux de chien presque.

Paolo et Luisa retinrent leur respiration. Une odeur âcre de poil mouillé, de boue et d'haleine putride s'était répandue dans l'air. Entre les battants de la porte arrière, le sanglier ressemblait au portrait d'un ancêtre dans son cadre. Il resta là un long moment à renifler l'air, le groin levé, comme intrigué par cette odeur humaine. Puis, il se retourna enfin avec une grâce mystérieuse sur ses pattes courtes, leur présenta son postérieur bossu et disparut de leur champ de vision en trottinant.

Luisa et Paolo se regardèrent. Tous les deux respiraient profondément comme s'ils venaient d'émerger d'une apnée. La pluie de plus en plus forte martelait la voiture avec fracas. Quelques minutes s'écoulèrent sans qu'ils disent un mot. Mais ce n'était pas le silence embarrassé de deux inconnus qui ne savent plus de quoi parler. C'était un silence détendu, presque intime, de ceux qui ont partagé une émotion.

Mais qui fut interrompu par un violent coup sur le côté de la Fiat. Luisa et Paolo tressaillirent.

« Il est revenu… », murmura Luisa.

Paolo mit un doigt sur ses lèvres. Un autre coup très fort les fit sursauter. Luisa, effrayée, porta une main à sa poitrine. Le sanglier avait peut-être réfléchi et avait décidé de les attaquer. Il y eut un autre coup, un autre et un autre encore. Puis ce fut une grêle de coups.

Luisa se leva décomposée et se réfugia vers l'intérieur du véhicule. Paolo tendit le bras pour fermer les portes le plus vite possible. Mais avant qu'il y parvînt, apparut une tête qui hurlait.

« Vite ! Venez ! »

Le chauffeur du fourgon, debout sous la pluie, avait l'air du jumeau humain du sanglier : lui aussi trapu, presque sans cou, les gouttes coulant de son nez tout comme des crocs de l'animal. La laine mouillée de son uniforme dégageait même une odeur semblable, un peu sauvage. Luisa et Paolo échangèrent un regard de soulagement.

« Eh bien ? Qu'est-ce qu'il y a ? fit le chauffeur avec impatience. Allons-y. »

Le vacarme de la pluie sur le toit de tôle était si fort qu'ils n'avaient pas entendu arriver le fourgon, tout près d'eux maintenant. Le gardien Nitti, debout sous le déluge côté conducteur, donnait des coups sur la portière en hurlant des injures : le chauffeur blessé s'était assoupi et, tant qu'il ne se réveillerait pas, personne ne le ferait monter dans le fourgon.

Paolo et Luisa se mirent à courir sous la pluie et montèrent à bord. Une flaque se forma sur le sol autour de leurs pieds. Nitti aida le chauffeur blessé à s'installer, puis il entra à son tour d'un bond et referma la portière derrière lui. Il retira sa casquette trempée, essuya son front, donna un dernier coup sur la paroi.

« Vas-y ! » dit-il.

Le fourgon se remit en marche et s'éloigna. La Fiat toute cabossée resta là, abandonnée. Quelqu'un du Quartier Central viendrait la prendre tôt ou tard, avec la dépanneuse. Ou du moins pouvait-on l'espérer.

*

C'était le directeur de la prison, mais pour tout le monde il était seulement « Monsieur ». Ni grand ni gros, il compensait en poids spécifique ce qui lui manquait en volume : il avait la présence d'hommes beaucoup plus puissants. Comme il tenait à se faire tout de suite bien comprendre, il avait placé un pistolet sur son bureau en guise de presse-papiers. Était-il chargé ? Tous ceux qui s'asseyaient en face de lui étaient obligés de se poser la question. Il était seul à connaître la réponse et il était manifeste qu'il en retirait un certain plaisir. Il ne regardait pas le gardien de prison qui était devant lui, mais ses propres ongles. Il parla d'une voix granuleuse comme du sable de construction.

« Et qu'est-ce qu'on en fait maintenant ? Ce n'est pas un hôtel, ici.

— C'est ce que je leur dis toujours moi aussi, aux chamois…

— Tu n'es pas drôle, Nitti. Tu m'as mis dans la merde.

— Mais qu'est-ce que j'y peux, moi, Monsieur ?

— Je devrais te donner une punition.

— C'est pas ma faute si le mistral s'est levé !

— Tu t'es fait avoir par un type qui baise les gosses. Si vous n'étiez pas allés vous planter, ils n'auraient pas raté le bateau. Et maintenant qu'est-ce qu'on fait, on les laisse se promener comme des touristes ? Donner un coup de pouce à une évasion ?

— Mais non, ils n'y pensent pas aux évasions, ceux-là ! Ce sont des gens paisibles.

— Bravo, Nitti. Toi, tu t'y connais. Tu vois les gens une seule fois et tu sais. Si ce sont des braves gens ou si ce sont des criminels. Tu devrais les faire toi-même, les procès !

— Ces deux-là n'ont été jugés par personne. Ce sont des parents, pas des détenus. »

Le directeur leva enfin les yeux.

« Ah ! Car pour toi c'est très différent. »

Nitti pensa au jour où il avait rêvé du directeur. Il l'avait bourré de coups de poing et de coups de pied toute la nuit, il lui avait écrasé les mains avec ses bottes, il lui avait pissé sur la figure. Il s'était réveillé d'excellente humeur.

Il ne répondit pas.

« Tu en seras responsable jusqu'à ce qu'ils s'embarquent sur le bateau, fit le directeur, en se concentrant à nouveau sur l'ongle du petit doigt de sa main droite.

— Mais j'ai fini mon service depuis trois heures. Je suis de repos jusqu'à demain !

— Bien, alors nous sommes d'accord. Tu as le temps. »

Nitti faillit dire encore quelque chose, mais il se tut.

Quand il était arrivé sur l'Île dix ans plus tôt, il y avait un autre directeur, celui qui l'avait mis parmi les violeurs pour lui rendre service. Ce directeur avait amené sa femme avec lui et elle s'ennuyait. Elle prenait le 4 × 4 de son mari, roulait dans tous les sens sur l'Île jusqu'au moment où elle trouvait un groupe de détenus en semi-liberté qui travaillaient dans les champs. Alors, elle descendait et se mettait à leur poser des questions. *Ta famille va bien ? On te donne assez à manger ? Comment va la santé ?* Elle parlait comme un prêtre, mais elle s'habillait comme une pute : elle portait des jupes à peine plus larges qu'une ceinture qui découvraient ses cuisses et tout le reste aussi, elle serrait ses nichons dans des pulls minuscules. Quand les chamois la voyaient, ils ne comprenaient plus rien. *Oui, oui, tout va bien, ça va bien chez moi merci, je dois aller chez le dentiste,* avec les yeux braqués sur son décolleté. Après ces visites, ils étaient nerveux, ils ne cessaient de se disputer, ils essayaient de se la mettre dans le cul les uns les autres, et pendant des jours la petite prison semblait tanguer le soir de toutes les branlettes qui se faisaient en même temps. Pour la première fois, Nitti avait trouvé qu'une femme qui étale sa marchandise pouvait être bien emmerdante.

C'était l'époque où il regardait les éclairages de la raffinerie encore nostalgique de la terre ferme. Un jour où il était en permission chez lui, il avait envoyé un télégramme du bureau de poste de son village. L'adresse était celle que les familles des détenus écrivaient, mais il avait ajouté : À L'ATTENTION PERSONNELLE DU DIRECTEUR. Le texte disait : PROCÉDEZ MUTATION AGENT NITTI PIERFRANCESCO – ARRIVE REMPLAÇANT RÉPONDANT NOM ADRIANO CELENTANO. L'employé était un camarade de l'école primaire. Au moment où il allait mettre le nom de l'expéditeur, Nitti l'arrêta et lui dit : « Non. Mets : MINISTÈRE DE LA JUSTICE.

— Mais ça fait quatre mots ! protesta l'autre. Ça te coûtera une fortune.

— Alors fais un seul mot. »

À la fin de sa permission, ils arrivèrent ensemble sur l'Île : le télégramme du bureau de poste et lui. Le directeur se mit à rire, surtout quand il lut MINISTÈREDELAJUSTICE, tout attaché. Mais il ne lui accorda pas pour autant sa mutation.

En revanche, c'est le directeur qui l'obtint. Il avait fini par apprendre les petites promenades de sa femme et il avait demandé à diriger une prison traditionnelle. Un endroit où les détenus seraient bien enfermés dans leurs cellules et où une femme ne pouvait bavarder avec eux en passant, comme ça par hasard.

Nitti regarda le directeur. Sa femme ne vivait pas sur l'Île. On peut facilement imaginer le nom qu'on avait donné à l'épouse du directeur précédent, mais celle-ci fut appelée « la Tzarine ». Quand elle venait le voir, elle serrait seulement la main du prêtre, du médecin du Centre de santé et du capitaine du bateau – jamais celle des gardiens de prison et encore moins des détenus. Personne ne s'étonnait qu'elle ne trouve pas insupportable de vivre loin de son mari. Un jour, il y eut une émeute dans la prison spéciale, les gardiens appelèrent les renforts et le directeur vint parlementer avec les détenus en ébullition. Les gardiens laissèrent les chamois lui donner un bon coup sur la tête avec une chaise avant d'intervenir.

Non, personne n'aimait le directeur. Si Nitti lui avait envoyé son faux télégramme, il n'aurait pas ri du tout. Il aurait sûrement dû faire un an de service de nuit. Mais il fallait reconnaître une chose : personne n'avait jamais été assassiné dans les prisons qu'il avait dirigées. Pas un gardien, pas un détenu. À une époque de fer et de violence comme celle-ci, c'était un succès qu'on ne pouvait contester.

« Fais-les dormir dans le Palais de Verre, dit le directeur à Nitti. On a bien dû finir une des pièces. Conduis-les avec une jeep et largue le fourgon. Et dis à ta femme de leur faire à manger. »

Nitti le regardait avec les yeux plissés d'un tireur d'élite.

« Oui, Monsieur. »

Il tourna les talons et se dirigea vers la sortie. Il avait déjà la main sur la poignée quand le directeur le rappela.

« Nitti. Qui t'a fait cette tache que tu as sur ta veste ?

— Le détenu. Celui qui a perdu la boule. J'ai dû le maîtriser. »

Le directeur hocha la tête, l'air pensif.

« Mais tout ce sang qu'on a, dans le visage ! »

Dehors, dans le couloir, Paolo et Luisa attendaient comme en sont seuls capables ceux qui ont eu souvent affaire à la bureaucratie : debout, sans s'appuyer au mur, attentifs à tout ce qui se passe, mais conscients d'être à la merci des autres.

« Je vous amène au téléphone à jetons, dit Nitti. Pour prévenir chez vous, si vous voulez.

— Oui, s'il vous plaît, dit Luisa.

— Merci, pour moi ce n'est pas la peine », dit Paolo.

Nitti se retourna. Pour la première fois, il le dévisagea longuement.

*

La pluie avait cessé, mais le vent soufflait maintenant avec la force d'un ouragan.

Les vagues allaient se briser dans le petit port, à l'endroit même où le bateau était arrivé le matin. Aucun ressac, aucune trêve : elles explosaient l'une après l'autre dans un giclement d'écume contre le quai qu'elles submergeaient ensuite dans un grondement.

La fureur des lames ressemblait plutôt à de la méchanceté.

Les deux petits canots de pêche, amarrés le long du quai quelques heures plus tôt, avaient été tirés au sec sur la rampe en béton qui menait à la mer. On aurait dit des cétacés échoués et sans défense, et l'eau tourbillonnante les assaillait comme pour se réapproprier une chose à elle. L'air dense sentait l'algue et le métal. Le ciel noir lançait des éclats violets.

Il n'y avait personne sur la route qui traversait le petit village de maisons blanches, ni d'oiseaux dans le ciel, ni peut-être de poissons dans la mer. Paolo ne trouva pas invraisemblable que les créatures vivantes se soient toutes enfuies devant la bourrasque. Comme si la femme, lui et ce gardien qui les accompagnait maintenant étaient les seules qui fussent restées.

Il se demanda si son fils, lui aussi, était en train d'écouter la tempête. Avec quelle force le vent pénètre-t-il dans une cellule ? Comme un courant d'air ? Une rafale ? Quand l'air frappe la terre à quarante nœuds, quelle part s'insinue-t-elle derrière les ailes de la prison, les murs épais, les abat-jour ? Et le mugissement de la mer, ce battement de liquide projeté sur le solide avec une puissance maximale, arrive-t-il à entamer le silence visqueux d'une prison à régime spécial ? Est-ce qu'au moins pendant les tempêtes les éléments parviennent à atteindre ceux qui sont condamnés, justement, à ne plus les entendre ? Ceux qui passent cette prétendue promenade avec un filet en fer au-dessus de la tête, dans des espaces qui ressemblent plus à des cages à poules qu'à des cours.

Paolo n'en avait aucune idée. Dans les parloirs, surtout ceux des pénitenciers normaux, il y avait des fenêtres, souvent très grandes, bien qu'offusquées par des grilles. Et lui qui ne connaissait que trop bien les parloirs, il n'était jamais allé dans une cellule.

De même qu'il ne lui était jamais arrivé de s'attarder dans les environs d'une prison après avoir rendu visite à son fils. À la fin des visites, il se dépêchait toujours de refaire le trajet, en général long et compliqué, qui le ramènerait chez lui. Chaque fois, il sortait presque au pas de course par les portails en fer, tous différents, tous identiques, tous inéluctables, qui se refermaient derrière lui. Il ne lançait jamais un dernier regard aux tourelles, aux fils barbelés, aux murs d'enceinte. Il pressait le pas pour s'éloigner de ces bâtiments, généralement en banlieue, il longeait des routes désertes, bordées d'herbe haute et de vieux papiers, sans jamais se retourner, comme si c'était lui qu'on recherchait. Jusqu'à ce qu'il arrive à la gare des cars ou des trains de ces petites villes de province qu'il n'aurait jamais eu de raison de visiter si son fils n'était pas un assassin récidiviste et si des autorités passées ou présentes ne les avaient choisies pour construire des lieux de peine offrant d'évidents avantages à la main-d'œuvre locale. Et il montait enfin dans le moyen de transport qui l'emmènerait loin, loin de là.

Là où il reviendrait de nouveau à la première date autorisée par l'organisation pénitentiaire.

Aujourd'hui non. Il se rendit compte que, pour la première fois depuis de nombreuses années, il allait passer un certain temps non loin de son fils, peut-être plusieurs jours, ou du moins tant que le mistral soufflerait. Une poignée de kilomètres seulement les séparait ; ils posaient les pieds sur la même bande de terre émergeant de la mer. Cette tempête les unissait comme cela n'était plus arrivé depuis que son fils était entré dans la clandestinité. Peut-être même encore avant.

Il se rappela l'époque où il lui apprenait à nager, à Framura. L'enfant s'aventurait dans la mer calme du mois d'août, se tenant par moments à l'épaule de son père, dans un geste de confiance inconditionnelle. De temps en temps, un pied, un doigt ou un coude effleurait la peau nue de Paolo sous l'eau. Mais le seul contact entre eux était celui de cette petite main posée en creux près de son cou. Alors, il sentait son propre corps encore plus uni à celui de son fils que lorsqu'il l'entourait de ses bras pour l'aider à s'endormir. Ces rides dorées de l'eau qui les séparaient les reliaient aussi, dans une communication qui avait quelque chose d'absolu. Et puis – il le savait sans avoir à se retourner – sur la plage il y avait Emilia. Debout sur les galets, sans jamais les quitter du regard, une main protégeant ses yeux du soleil de l'après-midi, elle était incluse, elle aussi, dans cette union.

Maintenant, après des décennies, Paolo sentait que les éléments le reliaient de nouveau mystérieusement à son fils en prison. Ils étaient tous les deux entourés par le fracas des lames sur les rochers, ils respiraient le même air vibrant d'iode, ils étaient fouettés par le même vent – ou du moins Paolo et les murs épais qui encerclaient le jeune homme l'étaient. Et avec une sensation familière de désarroi, de soulagement et de douleur, il sentit à quel point l'amour qu'il éprouvait était inextirpable.

La femme avait de nouveau tourné son regard transparent vers Paolo. Un de ses gémissements involontaires lui avait sans doute encore échappé. La jeep s'était arrêtée devant l'église crépie, là où la rue s'élargissait et servait de place au milieu d'un agglomérat de maisons près du quai. Elles étaient toutes à un seul étage, les angles arrondis par le crépi à la chaux, de l'âge indéfinissable de ce qui est construit depuis toujours de la même manière.

Nitti essaya d'ouvrir la portière, mais c'était comme lutter contre la main invisible d'une force surhumaine. Ils durent sortir par l'autre côté, à l'abri du vent. L'air était presque devenu une chose solide sur laquelle il fallait s'appuyer pour ne pas tomber. Le buste incliné, ils franchirent à grand-peine les quelques mètres qui les séparaient d'une porte entourée d'une frénésie de bractées rouge cardinal – une pergola de bougainvillée flagellée par l'ouragan.

À l'intérieur se trouvait l'épicerie du village. Dans la petite pièce, sucre, pâtes, pommes de terre, conserves, oignons, cigarettes, pickles étaient entassés dans des sacs, des paniers, des cartons, sur des étagères débordantes. Un homme se tenait derrière le comptoir. Mince, la peau foncée, il semblait fait en fil de fer.

« Traina, tu as des jetons ? » lui demanda Nitti en entrant.

L'homme ne le salua pas non plus. Il adressa à Luisa et à Paolo le regard de celui qui est chez lui et qui ne voit pas souvent là des visages nouveaux. Un mélange de curiosité et d'orgueil de propriétaire.

« Qui c'est, ces deux-là ?

— Des visiteurs. Ils ont raté le bateau.

— Ah ! »

L'homme ouvrit d'un déclic le tiroir-caisse. Il prit une poignée de jetons.

« Combien ? » demanda-t-il à Nitti. Il ne regarda pas les deux autres qui le fixaient en silence.

L'agent carcéral se tourna vers Luisa.

« Vous en voulez combien ? »

Elle fit un petit pas en avant, en écolière qui répond à une interrogation.

« Deux, trois…

— Vous êtes sûre que ça suffit ?

— Oui.

— Donne-lui-en quatre, dit Nitti à l'homme. On ne sait jamais. »

L'homme compta les jetons en les faisant tomber dans la paume de sa main.

« Un, deux, trois, quatre, cinq. C'est pas bien si on est coupés avant de se dire au revoir. »

Traina tendit les jetons à Nitti qui, à son tour, les mit dans la main de Luisa. Tous semblaient accepter que le gardien de prison serve d'intermédiaire dans la transaction.

Il lui indiqua un renfoncement au fond où il y avait un téléphone mural.

« Par là. »

Luisa suivit la direction du doigt et s'enferma dans la cabine. Paolo, Nitti et l'homme attendirent en silence. Le vent sifflait dehors. Derrière la petite porte, on entendait le bruit mécanique du cadran qui composait le numéro, puis la voix animée de Luisa qui parlait avec ses enfants.

Traina regarda Paolo.

« Et vous. Vous en voulez combien, de jetons ? »

Nitti s'interposa.

« Pourquoi, il t'en a demandé ?

— Tu m'as dit que...

— Moi, je ne t'ai rien dit. Lui, il n'en veut pas. Vous n'en voulez pas, hein ? »

La question s'adressait à Paolo, qui secoua en effet la tête, les paupières mi-closes.

« Non merci.

— Vous ne voulez pas appeler chez vous ? fit Traina incrédule, haussant ses épais sourcils.

— Non.

— Mais on va s'inquiéter..., dit-il d'un air désapprobateur et déconcerté.

— Laisse-le tranquille ! » Nitti haussa le ton. « Il sait ce qu'il fait, non ?

— Comme vous voulez », fit Traina, et il referma le tiroir-caisse avec un mépris ostentatoire.

On n'entendait plus Luisa. Un bruit de pièces qui tombent dans l'appareil, puis la femme sortit de la cabine. Elle ouvrit sa main, la montra à Nitti. Il y avait deux jetons sur sa paume.

« Votre collègue m'en a donné trop. »

Nitti et Traina échangèrent un regard où se lisait clairement une expression de dégoût.

« Collègue ? » dit Traina. Sa bouche ouverte laissait voir un trou de chaque côté, à la place des prémolaires.

« Collègue ! dit aussi Nitti avec un rire dans la voix. Elle t'a pris pour un maton !

— C'est pas sûr, répliqua Traina avec dignité. C'est peut-être toi qu'elle a pris pour un condamné à perpétuité. »

Luisa se tourna perplexe vers Paolo.

« Un condamné à perpétuité ne peut pas sortir du tout... »

Paolo hocha la tête comme pour dire : « Non, en effet. » Mais il se tut car lui non plus n'arrivait pas à comprendre la situation.

« Ah, n'ayez pas peur, lui ne sortira sûrement pas de cette île ! fit Nitti à Luisa. Mais il s'est si bien comporté que maintenant, en récompense, il peut vendre des jetons. De toute façon, une vie ne lui suffira pas, il a trois condamnations à perpétuité. » Et il se tourna vers Traina. « Ou bien quatre ? »

Luisa regarda la pointe de ses souliers, l'air gêné.

Traina vint à son secours. Il devait être habitué à ce genre de scènes. Ou, de toute façon, ça n'avait pas l'air de le déranger.

« Moi, je suis innocent, dit-il, mais sur le ton de celui qui parle de la pluie et du beau temps. Et je n'ai aucun ennemi sur cette terre, Dieu soit loué…

— Ou plutôt, tu n'en as plus, répondit Nitti.

— … et je vis en paix avec le monde.

— Eh oui, ce doit être agréable d'avoir épuisé la liste de ceux qu'on doit supprimer. Bon, Traina, salut.

— Paix et bonheur à vous aussi », dit Traina en leur tournant le dos, et il se mit à ranger des canettes sur une étagère.

Nitti se dirigea vers la sortie en levant le menton à l'adresse des deux visiteurs pour leur faire signe.

« On y va ? »

Il ouvrit la porte. Un tourbillon d'air s'engouffra qui fit tomber du comptoir deux boîtes de biscuits, fit voler le papier d'emballage suspendu à un crochet et agita l'ampoule qui pendait du plafond.

Paolo et Luisa se hâtèrent de suivre dehors le gardien de prison et de refermer la porte derrière eux. Il leur fallut de nouveau fendre le vent pour retourner à la jeep. Dans laquelle, cette fois-ci, Luisa et Paolo s'assirent côte à côte.

Ils n'allèrent pas loin. Ils traversèrent le groupe de maisons blanches et arrivèrent devant le seul bâtiment à trois niveaux de l'Île. Le rez-de-chaussée était crépi, alors que les deux autres laissaient voir la brique brute.

Encore plus haut, des angles de ce qui aurait dû être le toit, des tiges de métal rouillé se dressaient vers le ciel.

Devant l'entrée poussait un figuier sous lequel se tenait un bouc. Il avait une seule corne et des pattes presque aussi hautes que celles d'un lévrier. Il ne manifestait aucun intérêt pour la tempête qui agitait son long poil clair. Immobile, les pupilles horizontales, il examina la jeep qui s'approchait de lui. Quand elle s'arrêta, il trotta à sa rencontre comme un animal de compagnie.

« Ciao, Martino ! » dit Nitti en ouvrant la portière.

Le bouc sauta sur lui et posa ses pattes antérieures sur sa poitrine, en poussant son bassin contre ses jambes de façon impudente. Paolo fut saisi par la forte odeur du bouc. Elle tourbillonnait dans l'air, semblait presque tracer un sillon, elle remplissait les narines.

« Couché, Martino, couché ! » fit Nitti.

En dépit de son état de rut, Martino obéit comme un chien bien élevé. Il se détacha de la poitrine de Nitti et resta debout près de la jeep.

« Il s'appelle vraiment Martino ? demanda Luisa.

— Oui. C'est moi qui lui ai donné ce nom-là, dit le gardien. Un nom de bouc. »

Il retira les clés du tableau de bord, les mit dans sa poche et, du menton, désigna le bâtiment.

« Aujourd'hui, vous dormirez ici. Au Palais de Verre. »

Paolo leva les yeux vers les étages supérieurs de la construction. À la place des fenêtres, on voyait des trous sans châssis.

« Où est le verre ? »

Nitti fit une grimace.

« Il n'y en a pas. Il manque beaucoup de choses ici, il n'y a que le mot. »

Lorsqu'ils furent descendus eux aussi de la jeep,

Martino ignora Nitti et trotta au-devant de Luisa. L'enveloppant de sa puanteur, il essaya de poser ses pattes sur elle. Elle courut à l'intérieur du bâtiment à la suite de Paolo et de Nitti qui ferma aussitôt la porte derrière eux. Ils observèrent le bouc par la fenêtre : après un instant de découragement, il avait décidé d'adresser ses avances malodorantes aux garde-boue du véhicule.

Du Placoplatre bloquait l'accès à l'escalier qui aurait dû mener aux étages supérieurs. Seul le rez-de-chaussée était donc habitable, mais une partie seulement, le long couloir et une des pièces qui donnaient sur celui-ci. L'embrasure des autres était bloquée par des planches en bois clouées en croix. Elles empêchaient le passage des gens, mais pas celui de la poussière ni celui d'une certaine odeur lourde – Martino, le bouc, était sûrement parvenu à entrer plus d'une fois dans le Palais de Verre.

Quelques meubles étaient entassés dans un coin de cette unique pièce accessible : trois chaises, un lit de camp en fer avec un matelas neuf encore sous cellophane, une table qui ressemblait plus à un pupitre d'écolier qu'au bureau d'un adulte, un fauteuil de barbier au cuir bleu clair tout fendillé.

« On ne nous a envoyé qu'un seul lit, dit Nitti. Je suis désolé.

— Il n'y a pas de problème, fit Paolo en désignant le fauteuil de barbier. Moi, je dormirai là. »

Au bout du couloir se trouvait une salle de bains à laquelle ne manquait pas une seule finition. Elle avait des carreaux immaculés et deux W.-C. dont les chasses fonctionnaient, comme Nitti le montra à Paolo et Luisa. Puis, il ouvrit le robinet du lavabo en faïence. Ils observèrent tous les trois l'eau rougeâtre et terreuse qui en sortait et qui devint claire et propre en quelques secondes.

« On dit qu'elle n'est pas potable, mais en réalité elle est très bonne, dit Nitti avec une fierté involontaire que Paolo ne fut pas sans remarquer. Elle vient directement de la source sur la colline. »

Ils revinrent dans le couloir et le gardien se dirigea vers l'entrée.

« Moi, je vais prévenir ma femme. Elle doit être inquiète de ne pas me voir rentrer. »

Il les toisa, sévère comme un maître d'école qui doit s'absenter de sa classe.

« Si le directeur découvre que je vous ai laissés seuls... Je ne verrouille pas la porte, mais de votre côté ne sortez pas d'ici. Compris ? »

Paolo et Luisa acquiescèrent, solennels comme de jeunes élèves qui promettent d'être sages. Ils restèrent debout au milieu du couloir tandis que Nitti sortait en refermant derrière lui la porte d'entrée. Qui, pourtant, au bout d'un moment se rouvrit, sous l'effet d'un tourbillon d'air envahissant de nouveau l'espace. Le vent souleva la jupe de Luisa, fit tournoyer la poussière dans les pièces vides, siffla derrière le Placoplatre. Nitti montra le bout de son nez par la porte.

« Je vous en prie. Ne me créez pas de problèmes. »

Il les regarda longuement dans les yeux en se demandant s'il pouvait avoir confiance. Les deux autres se soumirent à cet examen, immobiles et en silence. Puis le gardien ferma de nouveau la porte derrière lui et l'air se calma dans le couloir. Luisa et Paolo entendirent la jeep qui s'éloignait.

Quand il ne resta que le bruit de la tempête, ils eurent envie instinctivement de se regarder. Mais aucun des deux ne le fit.

Ils baissèrent les yeux et fixèrent le sol.

MOTS

Et voilà, pensa Maria Caterina, *encore du sang.* Cette fois-ci, c'était sur sa veste, mais elle en avait déjà vu sur son pantalon, sur ses chaussures et même sur sa casquette. Un jour, il était arrivé le visage bouleversé avec une odeur de pisse sur lui. Un autre jour, avec des éclaboussures de vomi sur l'empeigne de ses souliers et elle savait avec certitude que ce n'était pas le sien.

Et lui, pas un mot.

Les premières fois, elle lui avait demandé : « Que s'est-il passé, mon Dieu, tu t'es fait mal… » Mais Pierfrancesco lui avait lancé un regard semblable à celui de Rocco, le chien qu'elle avait quand elle était petite, la veille de sa mort. Le vieux chien de berger était né bien des années avant elle et, quand Maria Caterina rentrait de l'école, il lui sautait toujours dessus, lui léchait le visage et le cou. Mais ce jour-là, il n'était pas venu à la grille. Elle avait couru tout le long de l'allée en terre battue en l'appelant et en sifflant jusqu'à ce qu'elle le vît. Il était immobile devant la porte de la maison, les pattes postérieures inertes sous son derrière maigre aux poils emmêlés. Il tenait péniblement son museau levé. La pointe de sa queue battait faiblement par terre – un sourire triste version canine. Et ses yeux fixés sur elle ne demandaient pas d'aide, ce qui aurait peut-être été plus supportable, mais pardon.

Son Pierfrancesco l'avait regardée de la même façon, au lieu de répondre.

Et Maria Caterina, comme elle l'avait fait ce jour-là avec Rocco, aurait voulu prendre la tête de son mari entre ses mains, la serrer sur son cœur et lui dire : « Du calme, tout va bien. » Mais elle ne pouvait le faire car elle savait que tout n'allait pas toujours bien. Et d'ailleurs : le lendemain matin, son grand-père avait chargé Rocco dans la camionnette et elle ne l'avait plus jamais revu.

Au début, quand elle était arrivée sur l'Île, Maria Caterina était contente. On l'avait affectée à la petite école primaire pour les enfants du personnel, une douzaine d'élèves de six à douze ans. La maîtresse précédente était trop vieille et fatiguée pour faire régner la discipline et, quand elle arriva au bâtiment blanc et bas, elle les trouva perchés dans le figuier séculaire qui poussait à côté de l'école. Tous là-haut, accrochés aux branches, les plus petits en bas, les deux plus grands au sommet. Le message était clair : ils n'avaient peur ni d'elle ni d'aucune autre.

Cette bienvenue n'impressionna pas Maria Caterina. Fille de paysans, elle avait passé son enfance à s'écorcher les jambes dans les arbres ou dans les fossés. Et entre elle et le plus âgé de ses nouveaux élèves, il n'y avait guère que sept ans d'écart. Elle posa sa main gauche sur le tronc, leva avec agilité sa jambe droite et se hissa dans le figuier, s'asseyant elle aussi à califourchon sur une branche basse.

Elle était mince et bien faite, mais pas très grande et ses pieds ne touchaient pas le sol.

Heureusement que j'ai mis un pantalon aujourd'hui, se surprit-elle à penser.

« Bonjour, les enfants, dit-elle. Je m'appelle Maria Caterina et je suis votre nouvelle maîtresse. »

À côté d'elle, un tout petit élève, la tête rasée à la suite d'une récente invasion de poux, la fixait la bouche grande ouverte. De toute sa courte vie, il n'avait jamais eu l'occasion de partager un figuier avec une maîtresse d'école. Ni aucune sorte d'arbre, pour tout dire. Maria Caterina leva un bras et, avec l'air de s'y connaître, elle fit osciller la branche au-dessus de sa tête en testant sa résistance. Le garçon qui y était assis commença à se balancer comme sur un manège. Il laissa échapper un cri de frayeur et pour ne pas tomber il dut embrasser le tronc.

Maria Caterina l'observa d'un air détaché, impassible devant sa peur. Elle continua à faire osciller la branche et ne s'arrêta qu'au bout d'un bon moment.

« Si vous êtes habitués à suivre les cours ici, moi ça me va. Allez chercher vos cahiers et on va s'installer sur ce beau figuier. »

Elle montra les petites sphères vertes des fruits qui commençaient à pousser. « Il faudra seulement faire attention à ne pas les détacher tant qu'ils sont verts, comme ça on les mangera cet été. »

Elle leva la tête et regarda les enfants, un par un, droit dans les yeux, d'un air impartial mais sans appel.

« Mais après, ne me dites pas que vous étiez trop mal installés pour bien écrire. J'exige de tous, toujours, une belle calligraphie. »

Les enfants descendirent du figuier et retournèrent en classe.

Maria Caterina fut l'institutrice la plus respectée de l'histoire de l'école sur l'Île. Les ministres eux-mêmes, en visite à la prison et au Centre de santé, venaient la voir dans sa petite salle de classe. Et pas un enfant n'essaya jamais de sortir sans sa permission pendant les heures de cours.

Oui, elle avait été heureuse de venir vivre ici. Institutrice, épouse, au bout de deux ans mère aussi : sur l'Île elle était devenue tout ce qu'elle rêvait d'être depuis qu'elle était petite. Quand elle était arrivée, le lendemain de son mariage, elle avait dix-neuf ans, Pierfrancesco six de plus. L'un et l'autre avaient une sorte de fringale. Ils faisaient l'amour presque tous les soirs puis, dans le lit trempé de sueur, elle se recroquevillait contre sa poitrine pendant qu'il lui racontait les histoires des hommes en prison.

Il lui parla de celui qui avait été condamné pour trafic international d'armes, on disait que c'était un gros bonnet qui traitait avec le milieu marseillais, voire la mafia, très bon mécanicien. On l'avait mis à l'atelier et il avait appris un tas de choses sur chaque type de moteurs à Pierfrancesco.

De celui qui, lorsqu'on lui parlait, prononçait tant bien que mal deux mots dans un dialecte que personne ne comprenait et qui, pour signer, traçait des sillons sur la feuille comme si le stylo était une charrue. Puis un jour, pendant une visite, Pierfrancesco l'avait entendu parler dans un excellent italien avec son avocat et témoignant d'une meilleure connaissance du Code pénal que lui.

De celui qui, dans un accès de jalousie, avait étranglé sa femme et qui maintenant en prison se démenait pour les autres, dispensait de bons conseils, remontait le moral à ceux qui traversaient un moment difficile. Les gardiens et les détenus s'accordaient à penser que, pour se faire assassiner par un si brave homme, sa femme devait l'avoir bien mérité.

Du Napolitain qui par nature est un emmerdeur, insiste, pleure ou plutôt *chiagne* tout le temps, et a l'air de mourir de chagrin (Pierfrancesco imitait ces jérémiades et Maria Caterina riait), puis à la fin t'entube.

Du Sicilien qui est un dominant, pour lui tout est une question d'honneur et gare à qui lui fait perdre la face, il se souviendra de l'offense et à partir de ce moment-là et pour toujours il faudra que l'autre regarde derrière lui, il ne sera plus en sécurité car un jour il le lui fera sûrement payer par une vengeance bruyante et théâtrale.

Du Calabrais qui te tutoie : « moi j'te l'a dit », « moi j'te l'a donné », et que les nouveaux gardiens punissent parce qu'ils y voient un manque de respect, sans comprendre qu'il parle naturellement comme ça, avec tout le monde.

Des Slaves qui sont les pires de tous, qui sont fous et cruels, rien qu'à cause d'eux il y aurait une sale histoire par jour et attention à ne pas leur laisser croire une seule seconde qu'ils sont les plus forts, car ils ne respectent que la peur et la domination.

Des Africains avec qui, s'ils essaient seulement de se plaindre de la nourriture, on peut parier qu'il y en aura toujours un pour leur dire : « Va donc en prison dans ton pays, on verra si tu y manges mieux. » L'Africain se taira, mais un jour il crachera dans la gamelle de l'autre – ou pire – sans que personne ne le voie.

Du dangereux voleur, trois condamnations à perpétuité sur la tête, qui écrivait à sa femme des lettres pleines de détails intimes de leur passion, des descriptions de son corps plus détaillées qu'un traité d'anatomie. Pierfrancesco, de permanence au contrôle de la correspondance, se sentait très gêné en les lisant, mais il sentait aussi son sang descendre dans ses parties basses et se surprenait à penser à ce qu'il ferait à la sienne, de femme, le soir.

De ceux qui disent « je suis innocent ».

C'est-à-dire tous, sans exception.

Pendant que son mari parlait, Maria Caterina avait la joue contre sa poitrine, ses poils noirs lui chatouillaient le nez, sa voix basse pénétrant dans son oreille appuyée sur sa cage thoracique l'inondait de paix. Lui entourait d'un bras son épaule nue et tenait comme un trésor un de ses seins dans sa main.

Mais ça, c'était avant. Il y a longtemps.

Depuis des années maintenant, son Pierfrancesco ne lui racontait plus rien. Et les jours où il rentrait à la maison avec ces traces sur son uniforme, avec ces signes (mais de quoi ?), avec ces humeurs instables, c'était déjà bien beau s'il leur adressait la parole à elle ou aux enfants.

Quelques hivers plus tôt, trois détenus en train de réparer une barrière avaient frappé avec un poteau le gardien qui les surveillait. Avant de s'enfuir, ils l'avaient abandonné dans un étang d'arrière-dunes, pieds et mains liés avec du fil de fer, la tête juste à la surface de l'eau immobile. Ses collègues l'avaient retrouvé au bout de plusieurs heures, peinant à maintenir son nez hors de l'eau et le corps en état d'hypothermie. Il resta longtemps en maladie. Quand il reprit enfin son travail à la prison, ce fut pour peu de temps : la direction l'affecta très vite au dépôt. Il y passa plusieurs années, sans plus aucun contact avec les détenus, jusqu'à son départ en retraite anticipée.

Ce qui s'était passé pendant les quelques jours où cet agent avait repris son service, Maria Caterina l'ignorait. Personne ne le lui avait expliqué. Ni Pierfrancesco, ni ses collègues. Ils étaient tous très gentils avec elle, ils s'inquiétaient de savoir si leurs enfants faisaient leurs devoirs, quand ils allaient sur le continent ils lui rapportaient des saucissons et des pickles, mais leur métier était banni de tous leurs sujets de conversation en sa présence. La vie quotidienne à la prison, les heures passées entre les murs, les grilles et les clés : quand ils parlaient avec Maria Caterina, rien de tout cela n'existait. Pour elle, ils auraient pu être astronautes, pêcheurs de perles, officiers de la Légion étrangère. Ce n'était donc pas à eux qu'elle pouvait demander pourquoi son mari avait changé ainsi, ce qu'on lui avait fait ou – à la seule pensée sa poitrine se serrait – ce qu'il avait fait lui.

Sur le parvis de l'église du village natal de Maria Caterina il y avait un puits. Quand elle était petite, enfreignant les interdictions paternelles, elle se penchait sur ce trou noir, prise d'un vertige qui l'horrifiait et l'attirait. Il ne servait plus maintenant qu'à arroser le potager derrière la sacristie. La vieille bonne du curé aux aisselles en sueur y descendait son seau en grommelant qu'il y avait toujours de moins en moins d'eau, qu'elle était de plus en plus profonde, et qu'elle avait de plus en plus de mal à la remonter. Chaque fois, Maria Caterina accueillait le bruit sourd et lointain du zinc sur la surface noire avec une sorte de déception : l'idée d'un abîme sans fond juste là, à quelques pas de chez elle, ne lui déplaisait pas.

À présent, depuis des années, elle avait l'impression que son Pierfrancesco était tombé dans ce puits. Pour arriver jusqu'à lui, elle devait donner de plus en plus de corde, de plus en plus bas, et elle redoutait le moment où elle serait trop courte, laissant le seau pendant et inutile dans le vide noir. Le moment où elle ne l'atteindrait plus.

Maintenant son mari était là, à quelques mètres d'elle, debout devant le montant de la porte fermée. Comme il était beau encore. Maria Caterina connaissait son visage mieux que le sien, elle l'avait sûrement regardé beaucoup plus longuement : son nez droit, ses longs cils, les sillons courbes de chaque côté de sa bouche presque féminine, sa cicatrice de la varicelle qui lui entaillait un sourcil.

Quand il était entré, une rafale de vent avait soulevé la chemise posée sur la planche à repasser et elle avait dû la retenir d'une main. Ils habitaient dans une de ces petites maisons à un seul étage réservées aux familles du personnel pénitentiaire. La cuisine servait aussi d'entrée et donnait directement sur deux marches en pierre et sur la rue. Elle avait tout de suite vu le sang sur sa veste. Pierfrancesco s'en était aperçu. Il était resté silencieux, comme s'il attendait une question. *La* question. Qui pourtant n'était pas arrivée : pour éviter de fixer cette tache, Maria Caterina avait reporté son regard sur la chemise à repasser.

Alors, c'est lui qui avait parlé. De la collision avec le fourgon, du détenu blessé, des deux parents bloqués sur l'Île par la tempête. Ça n'était jamais arrivé, dit-il. Il les avait conduits à la maison des hôtes. Et tôt ou tard, il faudrait leur donner quelque chose à manger.

« Ils étaient aussi dans l'accident ? demanda sa femme sans lever les yeux, le front plissé en suivant la trajectoire du fer sur un poignet.

— Oui. »

La pointe triangulaire en acier fit le tour d'un bouton.

« Ils sont blessés ?

— Non. »

L'index et le majeur de sa main gauche agrandirent l'ouverture de la manche pour faciliter le passage du fer.

« Qui sont-ils ?

— Des parents de deux de la Spéciale. Un homme et une femme. »

Maria Caterina souleva le fer du tissu, le mit à la verticale sur son support et se tourna vers son mari. Mais pas pour lorgner la tache sur le tissu gris.

« Une femme ? » demanda-t-elle en le regardant droit dans les yeux.

*

Paolo et Luisa étaient assis sur deux des chaises, de chaque côté de la table.

« Vous avez faim ? demanda Luisa.

— Maintenant que vous le dites… un peu, oui. »

Luisa prit son sac qu'elle avait posé sur cette sorte de bureau. Elle en sortit une grosse miche de pain, du fromage et un petit couteau. Avec des gestes efficaces, elle partagea la première et coupa le second.

« Prenez ça.

— Merci, fit Paolo. Mais vous ? Vous ne mangez pas ?

— Si, si. Je mange moi aussi. J'en ai encore beaucoup. Je n'avais pas faim en voyage. »

Paolo mordit dans le pain.

C'était du pain de seigle, noir, difficile à mastiquer. Il en éprouva un certain plaisir. Il ferma les yeux tandis que sa mâchoire travaillait. La dernière chose qu'il avait avalée, c'était un café bu à l'aube à bord du ferry en provenance du continent, juste avant d'accoster après la traversée. Plus rien depuis ce moment-là, et pourtant ce n'était qu'à présent, la bouche pleine de pain et de fromage, qu'il percevait la faim.

Combien de fois, depuis la mort d'Emilia, n'avait-il pas oublié de manger et même de boire. Parfois, quand son corps parvenait enfin à se faire entendre, Paolo se rendait compte qu'il était à jeun depuis trop d'heures. Pour cette raison, il s'imposait maintenant des horaires rigoureux pour les principaux repas : une heure et demie pour le déjeuner, huit heures pour le dîner. Sa sœur aussi vérifiait souvent qu'il s'était alimenté par de discrets coups de fil passés au bon moment. Mais pendant les voyages, *ces* voyages, qui du reste étaient les seuls qu'il faisait maintenant, le manque d'attention ou mieux le désintérêt envers son corps reprenait le dessus.

Ce pain. Ce fromage. Que c'était bon !

La femme aux yeux clairs lui tendait maintenant une gourde recouverte de feutre. Paolo la prit, dévissa le bouchon et but. Malgré les nombreuses heures passées là-dedans, on comprenait que ce n'était pas de l'eau de la ville : elle avait un goût de métal mais aussi de prairie. Paolo en prit une autre gorgée. Ce n'est qu'alors, comme pour l'appétit, qu'il sentit la soif lui revenir en buvant.

Il aurait peut-être apprécié tout autant de l'eau d'un robinet de zone industrielle ; mais le fait est que chaque gorgée de cette gourde lui donna un plaisir intense.

Il s'aperçut encore une fois qu'il avait fermé les yeux en déglutissant. Quand il les rouvrit, il vit qu'elle le regardait. Elle avait l'expression qu'ont les mères lorsque leurs enfants font quelque chose de bien : satisfaite, sûre d'elle, en attente.

« Il serait peut-être temps de se présenter. » Il fit passer la gourde dans sa main gauche et lui tendit la droite. « Je m'appelle Paolo. »

Elle tendit aussi la main et serra la sienne, formellement.

« Luisa. »

Puis elle coupa encore du pain et du fromage et les lui offrit. Paolo les prit et allait la remercier, mais elle le devança.

« Je voulais vous remercier », dit Luisa.

Paolo la regarda avec étonnement.

« Et de quoi donc ? C'est moi qui mange votre pain.

— Avant. Sur la route. Il y avait tellement de poussière, là-derrière. Et vous vous êtes assis à ma place.

— Ah, ça… Eh bien, ce n'était pas juste que vous soyez aussi mal installée.

— Pourquoi donc ? » demanda Luisa, sincèrement surprise. Elle ne comprenait vraiment pas ce privilège.

Paolo se sentit soudain fondre de tendresse et de

tristesse pour elle : il mesura brusquement à quel point elle était peu habituée à recevoir des attentions. Il éprouva le désir fou de trouver les mots pour la persuader de son droit à être assise à son aise, à se laisser offrir la meilleure place par un étranger, à être traitée avec les égards dus à une femme. Des mots miraculeusement adéquats qui la dédommageraient d'années passées à recevoir la poussière sur la figure, mal installée et seule. Mais il ne put que lui dire d'un ton tellement assuré qu'il parut presque brutal : « Parce que vous êtes une dame. »

Les yeux de Luisa se dilatèrent et se firent encore plus transparents. Mais Paolo n'eut pas le temps de comprendre si c'était dû à un flot de larmes ou à sa stupeur devant une telle définition. Elle baissa les yeux et se mit à fouiller dans son sac. Au bout d'une longue recherche, elle finit par trouver : une pomme. Elle la lui tendit sans un mot.

Il la prit, la porta à sa bouche et y plongea les dents. Elle était petite, rouge, un peu fripée.

Elle est douce, très douce, la pomme la plus douce que j'aie jamais mangée.

Ils avaient fini de manger depuis un moment, ils étaient allés aux toilettes et revenus s'asseoir dans la pièce quand un autre son vint s'ajouter au sifflement du vent frappant les vitres et au fracas des vagues sur le quai. Un moteur. Il s'approcha, s'éteignit, fut suivi d'un claquement de portière.

« Nitti, ouvre. »

Une voix rocailleuse qui ne doutait pas de l'obéissance de l'autre : le directeur. Luisa, d'un regard interrogateur, dit : « C'est lui ? »

Paolo mit un doigt sur ses lèvres.

« Oui. »

Ils tendirent l'oreille. La voix se fit impatiente.

« Nitti ! Vous êtes là ? »

Même si personne n'aurait pu les voir de l'extérieur, pas même le nez écrasé sur la vitre de la fenêtre, Paolo et Luisa reculèrent dans la pièce pour mieux se cacher. Les pas lourds se mirent à aller et venir devant le Palais de Verre, puis s'arrêtèrent agacés. Au bout d'un moment, on entendit un claquement de portière et un moteur qu'on rallumait.

Alors seulement, Paolo passa la tête hors de la pièce, juste à temps pour apercevoir à travers la fenêtre du couloir un 4 × 4 qui tournait et qui disparaissait derrière les petites maisons blanches.

Quand Nitti revint, il se demanda un instant s'il avait bien compris.

« Vous avez fait semblant de ne pas être ici ?

— Vous nous aviez dit que si le directeur nous trouvait seuls, vous passeriez un sale quart d'heure », fit Luisa.

Nitti les regarda, incrédule.

« C'est-à-dire… Vous vous êtes cachés pour moi ? »

Paolo haussa les épaules et acquiesça.

Nitti contempla en silence ce phénomène jamais observé jusque-là dans la nature : des parents de chamois de la Spéciale qui sauvaient la mise à un maton. Il resta si immobile, sans voix, transfiguré, que même le vent et les courants d'air semblèrent se calmer un instant.

Paolo s'inquiéta.

« Est-ce qu'on vous a créé des problèmes, par hasard ? »

Nitti se ressaisit. Il souffla fort par le nez dans un demi-éclat de rire.

« Des problèmes ? Vous plaisantez ! Si le directeur avait vu que je vous avais laissés seuls, alors c'est sûr qu'il m'aurait écorché vif ! »

L'agent carcéral les regarda dans les yeux, l'un après l'autre.

« Je ne sais pas quoi dire. Merci. »

Paolo chassa l'air d'un geste de la main : *Ce que nous avons fait est moins qu'une mouche, qu'un moustique.*

« Mais quand vous le verrez, vous lui direz qu'on était où ? demanda Luisa.

— Bonne question. Eh bien, je devais vous surveiller, pas forcément sous clé. On pouvait être en balade.

— Avec ce vent ? »

Nitti la regarda en réfléchissant. Soudain, une idée, un peu défendue, un peu folle, un peu merveilleuse, éclaira son visage.

« Ma femme veut vous faire du poisson ce soir. Et quand le vent souffle, les bars se pêchent facilement. »

*

Les hautes vagues tourbillonnaient autour des rochers, créant des turbulences impossibles à décrypter. Puis, elles se retrouvaient face à face venant de directions opposées et tapaient l'une contre l'autre comme des mains dans un applaudissement fracassant. La surface de l'eau était recouverte d'écume blanche.

« On dirait du lait, dit Luisa. Ou plutôt de la crème. Ou plutôt non, on dirait de la mousse de bière. »

Depuis qu'ils étaient descendus de la jeep, elle contemplait le bouillonnement de la mer. Les vagues attaquaient les rochers et refluaient ensuite plus bas, en formant des cascades qui lui rappelaient celles des gorges de ses montagnes, au dégel.

Pour Paolo, la tempête évoquait au contraire un paysage peuplé d'êtres bizarres, d'animaux, d'éruptions volcaniques. Chaque ride sur l'eau lui semblait être, très fugitivement, quelque chose ou carrément quelqu'un. Mais ce caractère unique s'effaçait aussitôt, laissant place à de nouvelles créatures éphémères. Tout n'était qu'eau et mouvement. Le mistral avait changé l'air en mer, lui avait donné du sel, du goût, de la consistance. Le respirer faisait l'effet d'une caresse d'algues sur les joues.

De la route, ils étaient descendus jusqu'à une minuscule baie de sable blanc, protégée par un cercle presque fermé de rochers de granit. Les vagues se brisaient à l'extérieur de cette barrière naturelle dans des jaillissements spectaculaires, mais à l'intérieur tout était calme. Durant l'été, le soleil avait réchauffé la petite crique comme une casserole et l'eau n'était pas froide. Là-dedans, la mer haletait pesamment, comme un ours dans sa tanière.

Le vent était un peu moins fort que quelques heures plus tôt, même si les hauts nuages gris étaient toujours tendus et agités. Ils commençaient pourtant à se lacérer d'accrocs d'où tombait la lumière comme par les lucarnes d'un grenier. Là, et seulement là, la mer couleur peau de requin s'éclairait de taches bleu turquoise.

Tandis que Nitti conduisait sur la route escarpée qui les menait à cet endroit, il leur avait expliqué : « Avec le ressac, le bord de l'eau s'oxygène et les petits poissons viennent jusqu'au rivage. Sardines, saltarelles, merluchons... Alors le bar part à la chasse et nous, pan ! On l'attrape au milieu de toute cette pagaille. »

Il pataugeait à présent dans l'eau basse de la crique, un harpon à la main. Il avait retiré la veste de son uniforme et retroussé son pantalon au-dessus de ses genoux. Il examinait la surface transparente avec des yeux d'orfèvre plus que de pêcheur, en expert minutieux. Comme il l'avait prévu, des bancs de petits poissons argentés se pressaient autour de ses chevilles, comme des essaims d'abeilles attirées par une fleur.

Nitti n'était pas le seul à savoir que le mistral était porteur d'abondance. Sur un de ces rochers qui empêchaient les grosses vagues d'entrer dans la petite baie, une colonie de cormorans scrutait les flots, les ailes serrées autour de leur corps ramassé. Ils étiraient le cou comme des élèves qui ne veulent pas perdre un mot du cours.

Des goélands argentés planaient, plongeaient et remontaient dans le ciel en criant vulgairement comme des voyous. Un puffin volait attentif au ras de l'eau sans jamais battre des ailes, comme s'il était suspendu à un fil invisible.

Accroupi sur un rocher, Paolo faisait provision d'oursins. Quand il avait vu tous ces petits soleils noirs, accrochés à la roche marbrée, il avait demandé un couteau à Nitti. L'agent avait haussé son sourcil coupé en deux par une cicatrice. Puis, il avait cherché dans le sac du harpon qu'il était passé prendre chez lui et lui avait tendu un poignard à la pointe carrée et à la lame en zigzag.

« Ça non plus, on ne le dira pas au directeur.

— Non, avait répondu Paolo d'un air contrit. Ça non plus. »

Au premier oursin, il se planta un piquant couleur jus de raisin dans la paume.

J'ai perdu le coup de main.

À quand remontait la dernière fois où il avait détaché des oursins des rochers ? C'était il y a mille ans, à Framura.

Plongé dans l'eau jusqu'à la taille, il les offrait à Emilia. Elle s'asseyait un peu plus haut que lui, un citron dans une main et une petite cuillère dans l'autre, ses pieds effleurant la surface de l'eau. Il les lui donnait ouverts, la pulpe nue presque obscène à côté des épines sévères, élégantes et désormais inutilement effrayantes. Sans le moindre dégoût, elle creusait dans ce moelleux gluant avec sa petite cuillère, pressait une goutte de citron dessus et mettait le tout dans sa bouche avec un claquement de langue.

C'était Luisa maintenant qui évidait les oursins à la petite cuillère. À elle aussi, Paolo les tendait déjà ouverts comme des fruits mûrs. Elle avait pour tâche d'en faire couler la pulpe dans un pot en plastique blanc, ce qu'elle effectuait avec des gestes compétents et précis. Qui aurait dit qu'elle n'avait jamais nettoyé d'oursin de mer auparavant ? Qu'elle n'en avait même jamais vu un seul ?

Ils lui rappelaient les escargots d'un été lointain, quand elle était petite.

C'était la dernière année de la guerre, elle avait cinq ans. L'hiver avait été très froid et la faim se faisait sentir aussi pour les paysans. Avec un de ses frères, le seul assez petit pour n'avoir pas à se cacher dans la cave pendant les rafles, Luisa allait dans les bois derrière la ferme de ses parents. Écureuils, lièvres, cailles, tout était bon. Mais quant à les trouver vivants : il y avait de la concurrence cet hiver-là, un continent tout entier remédiait à la faim comme il pouvait. Et puis, il n'était pas facile d'attraper des bêtes rapides à la course ou en vol, armés seulement d'une fronde. Ils rentraient souvent bredouilles à la maison.

Il s'était mis à pleuvoir, des journées entières d'eau glacée sur tout, on aurait dit que ça ne cesserait jamais. Le potager, déjà défoncé par les gros souliers des Chemises noires, était réduit à une étendue informe et boueuse. Mais le petit mur de pierre qui l'entourait était parsemé d'escargots : pâles, lisses, visqueux. Gros surtout. Et nombreux. Des créatures d'abondance en ce temps de pénurie.

La petite Luisa se précipita hors de la cuisine, pressant la boue entre ses orteils. Elle commença à détacher les escargots un à un du petit mur, les faisant retomber dans sa robe relevée comme une poche sur son ventre. Au bout d'un moment, son frère arriva. Il fit la même chose avec un pan de sa chemise et sans un mot entreprit lui aussi de ramasser les escargots. Plus tard, sous le regard perplexe mais soulagé de leur mère à la cuisine, ils débarrassèrent ces rubans brillants de bave de leurs parfaites coquilles en spirale et les firent tomber inertes dans une assiette.

La femme mit les escargots dans une poêle avec une gousse d'ail et Luisa les observa s'agiter quelques secondes, pour s'immobiliser ensuite avec de drôles de formes cambrées. Dans la bouche, ils avaient un goût de terre, de pluie et de salive.

C'était à ça que pensait Luisa tout en nettoyant en silence les oursins que Paolo lui passait : aux escargots qui avaient calmé sa faim d'enfant par un lointain hiver.

« On en a déjà pris combien ? » demanda Paolo.

Luisa regarda le pot plein de bouillie orange. Combien d'oursins y avait-il là-dedans ?

Elle l'ignorait. Elle ne les avait pas comptés.

À ce moment-là, une vague plus longue arriva jusqu'à la veste d'uniforme que Nitti avait posée sur le sable de quartz clair. La mer gonfla la toile grise, remplit les manches, le col, toute la veste. Nitti lança un juron et Paolo leva les yeux. Il vit un agent carcéral qui faisait la planche au milieu des flots et se laissait porter par le courant. Au bout d'un instant, il comprit que ce n'était pas une personne, mais une veste. Le ressac l'emportait vers l'entrée de la petite crique et la pleine mer.

Sautillant et bondissant dans l'eau basse, Nitti courut derrière sa veste. Il tendit le bras de tout son long et réussit à la saisir de la pointe de son harpon, juste au moment où elle allait couler. Levant son harpon, il la hissa toute droite et à la verticale au-dessus de l'eau.

Un épouvantail au milieu de la mer habillé en gardien de prison.

Paolo regretta vraiment que son fils ne puisse pas voir lui aussi cette image drôle et bizarre.

Tourne-clés. Matons. Il y avait tant de noms par lesquels les détenus désignaient leurs gardiens. Le plus cruel :

magasiniers de chair humaine. Le plus éculé : *esclaves du système.*

« Ces esclaves du système nous déshumanisent, lui avait dit un jour son fils lors d'une visite.

— Si tu les appelles comme ça, c'est toi qui les déshumanises. »

Son fils avait répliqué sur ce ton de certitude doctrinale qui donnait bien envie à Paolo de l'abandonner à son sort : « Toi. Tu ne peux pas comprendre. »

Paolo s'était alors souvenu du geste du policier au palais de justice.

C'était au cours des semaines qui avaient suivi la découverte du cadavre de l'homme politique enlevé des mois plus tôt après le massacre de son escorte. On était en mai, pourtant le pays était transi comme par un gel. Dans les prisons, on craignait des représailles, voire des lynchages, contre les détenus politiques.

Dans les tribunaux, les accusés des procès pour terrorisme parcouraient entre deux rangées de dos le couloir qui menait à la salle d'audience. On avait donné l'ordre aux agents qui coordonnaient leur déplacement de tourner la tête vers le mur, au cas où un homme en uniforme aurait voulu se faire justice lui-même. On fit asseoir Paolo et les membres des familles des autres accusés à l'écart des parents des victimes et du reste du public. « Pour votre sécurité », leur dit-on. Un policier les avait conduits à leurs places, et Paolo et les autres parents s'étaient hâtés de le suivre, sans regarder autour d'eux. Quand ils furent tous assis, le policier se retourna, dos à la cour, à ses collègues et à la majeure partie du public dans la salle. Il se retrouva avec Paolo devant lui. Il leva la main et lui pointa deux doigts sur la tempe. Appuyant sur une détente imaginaire, il siffla avec une haine tranquille : « Clic. »

Un geste fulgurant. La main fut aussitôt retirée, le dos aussitôt retourné, le visage redevint impassible. Personne, à part Paolo, n'avait vu ou entendu.

Naturellement, il ne le raconta jamais à son fils.

Un cri le fit sortir de ses pensées.

Nitti avait de l'eau bien au-dessus du bord retroussé de son pantalon, presque jusqu'à la taille. Il tenait à nouveau le harpon bien haut comme un étendard, mais maintenant, au lieu de la veste, c'était un gros bar qui y était enfilé et qui se démenait face au ciel sombre. Juste à ce moment, le soleil, dans sa course désormais avancée vers l'horizon, descendit sous la couverture de nuages. Et ceux-ci s'éclairèrent dans leur sous-ventrière, comme si on venait de les tremper dans de la peinture dorée. Un rayon de lumière frappa soudain le bar et le visage de Nitti Pierfrancesco.

L'agent carcéral lançait des hurlements de triomphe sauvage, en prédateur païen.

*

En revenant vers l'agglomération, la jeep fut arrêtée par un petit groupe de perdrix. Le derrière lourd, un anneau de plumes autour du cou, l'allure affairée. Nitti klaxonna, mais elles ne se rangèrent pas sur le côté et continuèrent à trottiner, toujours pressées, au milieu de la route.

« Ces idiotes ! Elles savent très bien voler, et au contraire... »

Il klaxonna à nouveau, donna un coup d'accélérateur, les écrasa presque, mais elles ne voulaient rien savoir. Nitti ouvrit la bouche pour jurer quand les perdrix battirent enfin des ailes et atteignirent en voletant un buisson d'euphorbe au bord de la route.

De la direction opposée arrivait un véhicule privé, un de ces tas de rouille qui pouvaient circuler seulement sur l'Île sans être aussitôt envoyés à la casse d'office. À cet endroit-là, le chemin de terre était assez large pour deux voitures. Le conducteur s'arrêta tout contre la jeep et baissa sa vitre. Le vent balaya dans l'habitacle le nuage de poussière soulevé par le coup de frein.

Nitti baissa aussi sa vitre et se mit à bavarder avec lui. Ou plutôt, ce fut l'homme, au visage rond et cuit par le soleil comme un pain sortant du four, qui engagea la conversation. Il posait des questions en rafale.

« Qui sont ces deux-là ? »

« Où êtes-vous allés ? »

« Où allez-vous ? »

Mais au lieu d'écouter les réponses, il coupait la parole, commentait, reformulait les quatre mots que Nitti parvenait à glisser entre deux questions. Puis, il se mit à parler du pagre qu'il avait pêché le matin précédent, de l'épicerie d'où il venait et où il n'y avait pas de pâtes courtes et il avait dû se contenter de spaghettis, de ses gencives qui lui faisaient mal mais le dentiste devait venir sur l'Île depuis un mois et continuait à reporter. Il parla du mistral qui tombait et qui aurait dit, ce matin, qu'il durerait moins d'un jour, lui à midi il l'avait vu se déchaîner et il avait pensé qu'on se le garderait presque une semaine. Du fils du capitaine arrivé d'Amérique, de son propre fils aîné qui était militaire sur le continent et de bien d'autres choses encore.

Les perdrix ne devaient plus être pressées : pelotonnées sous l'euphorbe, elles regardaient les deux voitures et les deux têtes qui sortaient des fenêtres, comme pour mieux suivre la conversation.

Nitti mit un bon moment avant de réussir à interrompre ce flux de paroles et à saluer. Il remonta la vitre et redémarra. Les deux voitures se dirigèrent chacune dans leur direction, lentement, pour ne pas s'érafler mutuellement.

« Qui c'était, celui-là ? demanda Paolo au bout de quelques mètres.

— Le gardien du phare. Un très bon pêcheur. Bars, pagres, mulets, mérous, il m'a tout appris. »

Il se retourna pour les regarder dans les yeux et Luisa se raidit. Elle aurait préféré qu'il surveille la route.

« Elle est comme ça cette île, poursuivit Nitti. Elle te laisse dans le silence pendant des jours. Puis, elle t'envoie quelqu'un qui écoute, et alors il faut t'abattre à coups de fusil pour te faire taire. »

*

On peut dire que c'était une curieuse assemblée. Nitti et sa femme n'avaient jamais invité à dîner des parents de détenus. Et ni Paolo ni Luisa n'avaient jamais été reçus par un agent carcéral. Et pourtant, une fois que tout le monde – les visiteurs, Pierfrancesco, Maria Caterina et les deux enfants – fut assis autour de la table dans la petite maison blanche, ils se sentirent moins embarrassés qu'ils ne l'auraient cru.

Et puis, le dîner était bon. Les pâtes aux oursins glissaient sur la langue, lisses et salées. À chaque coup de fourchette, Luisa avait la sensation d'avaler une mixture de mer. Mais elle ne savait pas bien enrouler les spaghettis. Chez elle, on n'en mangeait presque jamais. Eux, ils étaient habitués à la polenta, aux pommes de terre, aux raviolis parfois, comme ceux qu'on avait jetés devant elle ce matin.

Ce matin ! Il s'était écoulé si peu de temps. Une demi-journée plus tôt seulement, elle était assise devant la vitre qui la séparait de son mari. Elle fut parcourue d'un léger frémissement en se rendant compte qu'elle était encore près de la prison où il était enfermé.

Elle aspira d'un coup un spaghetti qui n'avait pas voulu s'enrouler autour de sa fourchette.

« Si vous voulez vous aider de ça… »

Maria Caterina lui tendait une cuillère. Luisa la prit avec gratitude et s'en servit avec sa fourchette. Les spaghettis furent aussitôt beaucoup moins difficiles à manger.

Paolo, quant à lui, était habitué aux pâtes longues et il les enroulait sans problèmes. Son attention fut attirée par trois lettres gravées sur le manche des couverts : IPP.

« INSTITUT PRÉVENTION PÉNALE, expliqua Nitti en suivant son regard. Ils appartiennent à la cantine de la prison.

— Prévention ? fit Paolo. Un peu en retard, disons, comme expression.

— Eh, je sais… Mais ici, tout est toujours en retard. Le

Palais de Verre, par exemple. Il est en construction depuis des années. Vous avez de la chance qu'on nous ait livré au moins un matelas. On en avait commandé deux. »

Les pâtes à la pulpe d'oursins étaient finies. Maria Caterina sortit les bars du four et envoya les enfants se laver les dents. Ils n'aimaient pas les poissons avec des arêtes et puis ils devaient aller se coucher, ils avaient classe le lendemain. Nitti se leva pour les accompagner, les embrasser et leur souhaiter une bonne nuit. Paolo et Luisa regardaient les gestes précis de Maria Caterina qui ouvrait les poissons et en retirait les arêtes et les têtes.

« J'ai appris à cuisiner le poisson depuis que je suis ici, dit-elle. Chez moi, on n'en mangeait jamais. Nous sommes des gens de terre, nous ne connaissons pas la mer. »

Elle se mit à raconter que ses parents n'étaient pas très contents qu'elle soit venue vivre sur cette Île de gardiens et de criminels. Mais Pierfrancesco avait assuré que c'était sans danger ; ses beaux-parents lui avaient fait confiance et ils l'aimaient bien maintenant. Et du reste, elle n'avait jamais eu de raison de craindre les détenus. Au contraire, les détenus en semi-liberté lui apportaient parfois des légumes du potager ou du raisin de la vigne, même si c'était interdit, et ils étaient toujours gentils avec les enfants.

Une fois seulement, Maria Caterina avait eu peur, quand un gros bonnet de la pègre s'était évadé. Il avait étranglé à mains nues un gardien, il s'était échappé et sa compagne était venue le chercher avec un canot pneumatique. Ils avaient choisi un jour de vent fort comme aujourd'hui et les vedettes côtières avaient dû rester dans la rade. Ils avaient organisé exprès l'évasion pendant le mistral. Les hélicoptères non plus ne pouvaient pas venir du continent ; ils n'auraient pas pu atterrir avec tout ce vent. Tout avait été bien organisé, même si c'était du suicide de venir au pied des rochers avec ces vagues. Mais elle avait réussi et elle avait emmené son homme. Nul n'aurait imaginé une chose pareille. Tout le monde était persuadé qu'il était impossible de s'enfuir avec cette tempête. L'évadé était déjà arrivé sur la terre ferme depuis une semaine, alors qu'on le cherchait encore sur l'Île.

« Voilà, conclut Maria Caterina, cette semaine-là, oui, j'ai eu peur. J'ai gardé les enfants à l'intérieur, à la maison et aussi en classe, je ne les laissais pas aller jouer dehors. Mais sinon, je n'ai jamais eu aucune inquiétude.

— Vous voyez, dit Pierfrancesco. Ma femme aussi est devenue comme le gardien du phare. »

Il était revenu de la chambre où il avait couché les enfants, et il écoutait en silence depuis un moment.

« À force de vivre sur l'Île, elle est devenue affamée de mots.

— Et vous ? lui demanda Paolo. Vous non ?

— Non, moi non. Moi, je suis bien ici, dit Nitti. Je n'ai pas cette faim-là. »

Maria Caterina fit une tête qui rappela à Paolo celle de son fils à la fin des visites : de celui qui reste en prison, seul, derrière une vitre. Et pourtant, c'était une femme qui avait une belle famille et un homme qui l'aimait, c'était évident. Il en fut surpris et ne se l'expliqua pas.

Quant à Luisa, elle n'écoutait pas. Elle se demandait si, elle aussi, serait venue chercher son mari avec un canot pneumatique. Elle mit un moment avant de se répondre.

Non. Même sans mistral.

« Venez avec moi, lui dit Maria Caterina quand ils eurent fini de dîner. Je vais vous donner des couvertures pour la nuit. »

Luisa la suivit dans sa chambre. Dès qu'elles furent entrées, Maria Caterina referma la porte derrière elle. Elle regarda ensuite furtivement dans son dos, s'approcha d'elle et baissa la voix.

« Écoutez. Je voudrais vous demander quelque chose. Mais je ne sais pas par où commencer. »

Luisa, surprise, écarquillait les yeux. Maria Caterina avait approché son visage du sien. Elle se mordit une lèvre, battit des paupières, puis prit son courage à deux mains et parla.

« Mon mari m'a dit qu'il y avait eu un accident. Et que c'est pour ça que vous avez raté le bateau. »

La petite pièce était presque entièrement occupée par le lit et une commode. La porte était loin. Luisa commençait à se sentir piégée.

« C'est vrai, répondit-elle.

— Et que votre fourgon a percuté la Campagnola qui faisait un transfèrement.

— Un transfèrement ?

— Un transport. Et que le détenu a taché sa veste de sang parce qu'il s'était blessé.

— Oui, en effet, il saignait du nez.

— Alors, vous l'avez vu, cet homme ?

— Oui. Mais pas très bien. Il était par terre, allongé. Oui, je l'ai vu. Mais, excusez-moi, pourquoi me... »

Maria Caterina l'interrompit, tout agitée maintenant,

les mots sortant de sa bouche en file indienne comme des fourmis.

« Mon mari dit que cet homme s'est cogné le visage. C'est pour ça qu'il saignait.

— S'il l'a dit, ce doit être vrai. Mais je n'ai pas compris, qu'est-ce que vous voulez savoir ? »

Maria Caterina se tut. Elle resta les lèvres entrouvertes, le front plissé.

Elle ne reprit qu'au bout d'un moment : « Je vous le demande à vous parce que vous êtes une femme. Les hommes ne parlent pas de ces choses.

— Quelles choses ? »

Plus qu'un certain malaise, Luisa éprouvait de la peur. Elle sentait confusément que ce que cette femme voulait savoir avait un rapport avec elle, avec sa vie, sûrement avec la prison et donc avec son mari. L'idée ne lui plaisait guère.

Avec l'air de quelqu'un qui se lance à l'eau, Maria Caterina se remit à parler très vite : « Je veux savoir si cet homme s'est vraiment fait mal pendant l'accident ou si c'est mon mari qui l'a frappé. »

Elle se passa une main sur les yeux et se les frotta, comme si une brusque fatigue lui était soudain tombée dessus.

Elle resta ainsi, une main recouvrant la moitié de son visage : les narines, la bouche, une joue. Derrière la fragile protection de ses doigts, elle planta son regard dans celui de Luisa.

« Voilà. Je l'ai dit. Je vous en prie », et sa voix avait vraiment le ton d'une prière, « dites-moi comment ça s'est passé. »

Mais Luisa secoua la tête.

« Je n'en sais rien. »

Maria Caterina poussa un profond soupir. Sa main toujours sur son visage, elle garda les yeux plantés sur elle comme un harpon.

« Vous ne savez pas ?

— Non.

— Vous n'avez rien vu ?

— Non. Je vous l'ai dit. Je les ai vus seulement quand nous sommes descendus.

— Quand vous êtes descendus ?

— Oui. Du fourgon. Après. Je regrette. Je ne peux pas vous aider. »

Alors, Maria Caterina retira sa main de son visage. Son regard tomba par terre comme une arme émoussée.

Luisa la vit courber le dos et baisser insensiblement la tête. Le sentiment de menace s'était évanoui. Elle aurait vraiment voulu l'aider à présent. Mais comment ?

« Pourtant, écoutez…, dit-elle au bout d'un moment.

— Quoi ?

— Non, rien. Sauf que… » Luisa haussa les épaules. « Pour moi, votre mari n'est vraiment pas un homme méchant. »

Maria Caterina fit une sorte de sourire, mais sans lumière.

« Non. En effet. Il ne l'est pas. »

*

Ils reprirent le chemin du Palais de Verre alors qu'il faisait déjà nuit noire. L'équinoxe était passé depuis peu et les journées étaient de plus en plus courtes. Une lueur venait de la mer et Paolo se demanda si la lune n'allait pas poindre derrière les nuages. Les lumières de la raffinerie de l'autre côté du Détroit étaient comme l'appel d'une planète lointaine. Brusquement, entre les phares de la jeep, surgirent deux petits éclairs féroces.

« Qu'est-ce que c'était ? demanda Paolo. Un sanglier ?

— Non, fit Nitti. Les sangliers ont les yeux opaques, comme les ânes. Ce doit être un chat. »

Nitti alluma le phare de toit.

« Et s'il est ici, il doit y avoir une raison… »

Il passa la main par la fenêtre et fit tourner le phare de toit, en éclairant d'abord la route, puis tout autour. Quand il le pointa sur l'étang d'arrière-dunes tout près de là, il émit un sifflement de satisfaction.

« Et voilà ce qu'il guette… »

Dans l'eau, une patte relevée, un héron se détachait bien clair sur le noir de l'eau stagnante. Sur la berge, un chat tigré, aux yeux jaunes comme des allumettes, l'observait impassiblement.

Puis, Nitti tourna le phare de l'autre côté de la route, vers la plage. Luisa laissa échapper un petit cri d'étonnement.

La surface de la mer était agitée d'une multitude de formes argentées. Elles s'élançaient hors de l'eau, brillaient un instant dans le halo de lumière du phare, puis replongeaient dans une courbe parfaite au milieu des vagues sombres. Il y en avait tant et tant.

« Des mulets », dit Nitti.

La première fois que Paolo était venu voir son fils sur l'Île, ce dernier lui avait fait un aveu. Ce qu'il y avait de plus moche en prison, lui confia-t-il, la privation la plus dure, ce qui était le plus difficile à supporter, ce n'était pas la promiscuité avec d'autres corps étiolés et étrangers. Ce n'étaient pas non plus les brimades des matons. Ni les violences, les stratégies et les complots entre détenus. Ni la nourriture insipide. Ni l'absence de femmes. Ni les sentiments dégradés.

« La nuit, lui avait dit son fils. C'est surtout la nuit qui me manque. »

Alors qu'il était arrivé sur l'Île déjà depuis un moment, raconta-t-il à son père, il avait demandé à un gardien de lui dire comment était la mer la nuit ici. L'autre lui avait répondu : « Noire. »

Paolo regardait à présent les vagues bouillonner de ces virgules lumineuses et il souhaita ardemment trouver les mots pour les décrire à son fils.

« Ceux-là, on les laisse tranquilles, dit Nitti en redémarrant. On a mangé assez de poisson aujourd'hui. »

*

Quelle heure pouvait-il bien être ? Paolo avait glissé sa montre dans la poche de sa veste, qu'il avait accrochée au fauteuil de barbier sur lequel il s'était installé tant bien que mal. Il n'avait pas passé la nuit dans un fauteuil depuis les derniers jours d'Emilia à l'hôpital.

Luisa dormait sur le lit de camp. Ils avaient retiré la cellophane du matelas et fait le lit avec les couvertures et les draps prêtés par Maria Caterina. Nitti était sur une chaise, les jambes allongées sur deux autres mises côte à côte. Il ronflait doucement.

Il doit être encore plus jeune qu'il ne paraît.

Paolo se leva pour regarder dehors par la fenêtre du couloir. C'était le seul bout de verre qui justifiait le nom pompeux du bâtiment. Il se rappela ce que lui avait dit Nitti en arrivant.

« Il manque beaucoup de choses ici, il n'y a que le mot. »

Une phrase qui pouvait tout autant résumer l'existence de son fils et de ses camarades. Une vie de choses qui n'existent pas vraiment, il n'y a que le mot.

Le premier était sûrement *révolution*. Qui n'est pas laid en soi, pensa Paolo, comme chose et encore moins comme mot. Bien au contraire. Il est laid si, justement, il n'y a que le mot et pas la chose. En France, en 1789, il y avait le mot et la chose aussi. En 1848, le mot se répandit dans toute l'Europe, mais surtout la chose. En Russie également, en 1917, il y avait les deux, comme à Cuba en 1959. Mais dans l'Italie de 1979, le mot *révolution* avait beau être scandé, polycopié, écrit sur les murs de façon presque obsessionnelle, la chose non, la chose n'existait pas. Les gens n'avaient pas empoigné leurs fourches, les électeurs n'avaient pas cessé de voter, les citoyens ne mettaient pas le feu au Parlement.

Ce n'est que l'année d'avant, lorsque l'homme d'État avait été enlevé et que son escorte avait été assassinée au cours d'une action militaire efficace et impitoyable, que beaucoup de gens pensèrent que la révolution allait éclater dans le pays. Il n'en fut pas ainsi. On donna un autre nom à ce qui se passait : *violence.* Et le pays en pleura les victimes.

C'est ainsi que Paolo expliquait les choses. C'était simple, au fond. Quand la chose correspond au mot, on fait de l'Histoire. Mais s'il n'y a que le mot, alors c'est de la folie. Ou bien tromperie, mystification.

Et puis, que leurs mots étaient donc laids ! Ils pullulaient dans leurs tracts, dans les dépositions au tribunal, dans ses entretiens avec son fils. Paolo apprit qu'*attentionner* voulait dire : recueillir des informations sur les victimes de futurs attentats. *Se compartimenter* : ne rien savoir l'un de l'autre dans la clandestinité. *Autofinancement* : hold-up. *Prolétariat* : eux et leurs sympathisants, indépendamment de la classe sociale. *Superfétation idéologique* : là, Paolo avait jeté l'éponge – il n'avait jamais compris ce que cela signifiait réellement.

Et les phrases toutes faites : *de la force de la raison à la raison de la force* ; *élever le niveau de l'affrontement.* Des concepts simples comme « je veux te parler » étaient réduits à une idéologie : *je dois te socialiser une chose.* Même le mot *guerre,* difficile à rendre plus laid qu'il n'était déjà en soi, se teintait à la fois de ridicule et de cruauté dans la bouche de son fils : « Nous sommes en guerre, papa, et chacun doit choisir sur quel front se battre. »

La misère de ce langage. La laideur. L'auto-illusion. L'apothéose de cette perversion avait eu lieu à l'audience d'un procès où les accusés, à la nouvelle d'un assassinat supplémentaire accompli par leurs camarades, avaient commencé à scander une phrase de Lénine : « La mort d'un ennemi de classe est l'acte d'humanité le plus haut possible dans une société divisée en classes. »

Un jour, son fils dit à Paolo, en parlant d'une de ses victimes : « S'il s'était tenu tranquille, je lui aurais tiré seulement dans les jambes. Mais il a eu une réaction hystérique et j'ai dû le tuer. »

Son père s'était mis à crier :

« S'il s'était tenu tranquille ? S'il s'était tenu tranquille ! »

Au parloir, le brouhaha des détenus et des parents s'était déchiré comme une étoffe et tout le monde avait tourné les yeux vers lui. Mais Paolo était fou de rage et il ne s'en aperçut même pas.

Ce fut la seule visite qu'il interrompit avant la fin. Il se leva et s'éloigna de la table à grands pas, sous le coup de la colère qui, dès qu'il fut sorti de la prison, se changea en une douleur glacée. Et il se sentit enveloppé de glace pendant des semaines.

Ou bien le jour où il apprit la mort d'un compagnon de cellule de son fils. Il se souvenait bien de ce garçon maigre au visage couvert d'acné. Il passait les audiences le regard à terre, il ne se ressaisissait que pour se joindre à ses camarades quand ils se mettaient à marteler des slogans. Un jour, deux d'entre eux s'étaient mis à faire l'amour là, dans le box des accusés, devant tout le monde. Ce qui avait déclenché une belle pagaille : les juges intimaient l'ordre de respecter la cour, les détenus criaient des phrases ironiques, les parents des victimes hurlaient leur indignation. Ce garçon avait été le seul à rester silencieux, immobile, le menton sur la poitrine, les yeux écarquillés.

Paolo demanda de quoi il était mort. Le visage de son fils devint gris comme de la cendre.

« Il avait trahi, répondit-il. Il était sorti de l'organisation. Si quelqu'un veut décrocher, il peut le faire, mais il doit le dire. Mais lui ne nous avait rien dit. Deux autres camarades et moi avons dû intervenir. »

Intervenir.

Un autre mot gangrené.

Paolo s'était senti heureux – oui, heureux – qu'Emilia soit déjà morte depuis des mois.

Maintenant, il s'évertuait à chasser ces mots qui l'empêchaient de dormir. Quand ça lui arrivait, ce qui n'était pas rare, il essayait de penser à d'autres mots. Vifs, colorés, et peu communs : *transcoloration, baleine, clarinette.* Quand elle était jeune, Emilia aimait beaucoup *lunatique*, puis plus tard son mot préféré avait été *chauve-souris. Mugir* aussi c'est beau, pensa Paolo, un mot surprenant, ce n'est pas ce qu'on attend mais, si on le garde en bouche, il sonne comme un appel. Et *mistral*, il faut le reconnaître, est un nom formidable pour un vent, beaucoup plus que *libeccio* ou *sirocco.* Charismatique, savant, sévère. Impartial.

Il repensa aussi à toutes les choses vues aujourd'hui dont il n'aurait su dire le nom. Les drôles d'oiseaux au corps ramassé qui scrutaient l'eau pendant que Nitti pêchait. La grande variété d'arbres qui bordaient le chemin de terre. Les rochers de consistance et de couleur si différentes. L'absence de ces noms n'avait pas gêné Paolo. Pas du tout. Il pensa que l'Île aussi aurait très bien pu se passer de son nom. L'Île existait, et c'était suffisant.

Voilà. La *révolution* de son fils était un mot ronflant mais une bien misérable chose ; l'Île était exactement le contraire.

Luisa ne dormait pas non plus. Elle était étendue les yeux fermés sur le matelas qu'on venait de dégager de la cellophane, et tout tourbillonnait dans sa tête. Elle pensait aux saucissons éventrés, aux escargots de son enfance. Au moment où, après l'accident, ils s'étaient tous mis à rire sauf elle qui s'était sentie si bête. Au sanglier sous la pluie.

À sa fille qui lui avait dit au téléphone: « Ici tout va bien, ne t'inquiète pas », et elle avait eu une bouffée de gratitude presque douloureuse. Aux mulets qui sautaient dans la lumière au ras de l'eau. Au visage de Maria Caterina.

Elle se tourna légèrement sur le côté, ouvrit les yeux. Nitti était immobile, allongé sur les chaises, la tête sur un des oreillers qu'il avait apportés de chez lui. Il ronflait doucement.

Luisa pensa aux gardiens de Volterra, ceux qui avaient failli lyncher son mari après qu'il avait tué leur collègue. Il avait dû son salut à l'arrivée du directeur, lui dit-on. Ils l'informèrent aussi qu'il serait transféré dans une prison de haute sécurité. C'est-à-dire ici.

Paolo n'était plus sur le fauteuil de barbier. Il était debout, devant la fenêtre, la tête tournée vers le haut, vers la lune. Elle avait pointé subitement de derrière les nuages, elle était presque pleine.

Luisa l'entendit pousser un de ses soupirs si semblables à des gémissements qui lui avaient serré le cœur.

En était-il conscient? Non, pensa-t-elle. Elle le vit glisser une main dans une poche de son pantalon, en sortir son portefeuille, y chercher quelque chose.

Le bâtiment à moitié construit vibrait de courants d'air et de bruissements. De l'étage supérieur parvenait un long sifflement, sans doute amplifié par la cage d'escalier, car dehors le vent s'était bien calmé, comme on le voyait au feuillage du figuier devant la porte d'entrée. Paolo tenait un bout de journal dans sa main. La lumière de la lune éclairait le titre et la photo : une toute petite fille à un enterrement.

« Qui est-ce ? »

Paolo sursauta. Il n'avait pas vu que Luisa s'était approchée. Elle était maintenant debout près de lui.

« Elle s'appelle Angelina, dit-il en regardant la coupure.

— Un beau prénom.

— Oui. Très beau. »

Ils chuchotaient tous les deux. Paolo continuait à fixer la photo.

« C'est la fille d'un des hommes que mon fils a tués. Ici, à l'enterrement de son père. Elle avait trois ans. Elle va bientôt en avoir six.

— Je peux ? » demanda-t-elle en tendant la main.

Il lui donna le bout de papier. Luisa le prit et l'examina avec attention. Quand elle le lui rendit, la lumière de la lune entra de biais dans ses yeux clairs.

« Pourquoi la gardez-vous dans votre portefeuille ? »

Il renifla bruyamment.

Il se pinça le lobe de l'oreille.

Il déplaça le poids de son corps du pied droit sur le pied gauche, puis de nouveau sur le droit.

« Le jour où on a arrêté mon fils, on a parlé de lui dans tous les journaux télévisés. Et aussi de ses victimes, du moins des victimes avérées. Le lendemain matin, j'étais à l'école. J'avais des garçons de terminale et nous étions en train d'étudier Kant.

— Qu'est-ce que c'est ?

— Un philosophe.

— Ah ! Difficile ?

— Euh ! Oui, parfois. »

Paolo regarda la lune. Elle était maintenant dégagée des nuages et ses cratères se détachaient nettement comme des empreintes sur de la neige fraîche.

« La plus belle phrase qu'il ait dite n'est pas du tout difficile, pourtant. "Deux choses remplissent mon cœur d'admiration et de vénération : le ciel étoilé au-dessus de moi et la loi morale en moi."

— C'est beau, murmura Luisa. C'est vrai, ce n'est pas difficile.

— Non, en effet. Du moins, pas difficile à comprendre. »

Il la regarda comme s'il voulait lui dire une chose qui la concernait, il avait même déjà ouvert la bouche, mais il la referma. Il reprit au bout d'un instant. Toujours à voix basse, pour ne pas réveiller l'agent carcéral.

« À la fin du cours, un garçon s'approche de mon bureau. C'était un bon élève, un de ceux qui suivent, qui posent des questions, qui donnent satisfaction aux professeurs. Un de ceux qui sont sûrs d'avoir leur bac. Il attend que les autres soient tous sortis pour la récréation avant de parler Puis, il me lance : "Dites à votre fils que de nombreux camarades sont fiers de ce qu'il a fait." Et il me montre son poing fermé. Comme ça. »

Paolo leva son poing fermé. D'un geste mécanique, imitant le levier d'engrenage d'une machine.

« Ce jour-là, je suis allé voir le proviseur et j'ai demandé ma mise en disponibilité. Je ne suis plus revenu à l'école. »

Il se tut. Elle aussi, comme si elle attendait qu'il continue son explication.

En Ligurie où ils allaient en vacances, depuis qu'il était petit le fils de Paolo jouait avec un enfant de son âge. L'été, ils étaient inséparables. Il avait dix ou onze frères, il était d'une famille de paysans. Un garçon très intelligent. À quatorze ans, on l'envoya travailler dans une scierie à Sestri Levante. Cette année-là, en juin, quand le fils de Paolo arriva de la ville, il courut le chercher comme il le faisait toujours. Mais son ami n'avait plus le temps de jouer avec lui. Il se levait maintenant à l'aube pour prendre le premier train de ceux qui faisaient la navette et rentrait chez lui à l'heure du dîner. Il n'était plus question d'aller ensemble chasser les poulpes. Son fils, en revanche, était en vacances, il était en section classique au lycée, il avait devant lui un été de mer et d'oisiveté comme les années précédentes. Il eut terriblement honte. C'était la première fois qu'il touchait du doigt l'insupportable gâchis d'une société divisée en classes sociales. S'il avait continué à étudier, ce garçon aurait sûrement obtenu d'excellents résultats. Il aurait pu être chercheur, médecin, enseignant.

Et en fait non, à quatorze ans il était entré dans une scierie et ce qu'il pouvait espérer de mieux, c'était de devenir un jour ouvrier spécialisé.

Ce fut alors que Paolo se mit à enseigner à son fils à ne pas se contenter du monde tel qu'il était, à le vouloir plus juste. À lui parler du philosophe de Trèves qui avait imaginé une société dans laquelle chacun recevrait selon ses besoins, et à laquelle chacun contribuerait selon ses capacités. Un monde où un fils intelligent de paysans pourrait étudier et faire fructifier son propre talent. Tous y auraient gagné : l'individu et la société. Que peut-on vouloir de plus beau, de plus humain ?

Ce serait le paradis sur terre. Sauf que maintenant, en son nom, comme déjà tant d'autres fois au cours de ce maudit siècle, son fils et ses camarades étaient en train de créer un enfer.

Et c'était Paolo qui lui avait appris à le vouloir, ce paradis.

« J'ai compris que j'étais un mauvais enseignant », répondit-il enfin à Luisa.

Elle garda le silence. Ne fit aucun commentaire. Paolo eut l'impression qu'elle absorbait ce qu'il lui disait comme la terre le fait avec la pluie : l'eau disparaît mais continue à exister, même si personne ne sait dans quelle nappe, de quelle source, elle remontera à la surface.

Au bout d'un moment, Luisa montra de nouveau la coupure de journal.

« Mais ça. Pourquoi le gardez-vous dans votre poche ? »

Il baissa les yeux sur le bout de papier et les garda fixés dessus. Comme si la réponse à sa question se trouvait dans ces lettres, dans cette photo, dans le manteau de cette petite fille. Il poussa un de ses soupirs douloureux, presque une sorte de jappement – et cette fois-ci il fut évident qu'il s'en était aperçu lui aussi. Il lui adressa un regard si vide, si triste et si abattu que Luisa en eut le souffle coupé.

« Parce que c'est la seule chose qu'il me reste de mon fils. »

Luisa oublia d'expirer. Ses épaules restèrent levées et, un long moment, elle fut en apnée.

Quand elle respira à nouveau, ses yeux étaient remplis de larmes. Elle leva un bras. Elle tendit la main. Elle l'approcha du visage de Paolo et l'effleura. Tout doucement, du bout de ses doigts.

Paolo ferma les yeux. Il pencha légèrement la tête comme pour mieux l'appuyer sur ces doigts. Il resta immobile, les paupières baissées, la joue enveloppée dans la main de Luisa. Puis il la saisit et la pressa sur sa pommette. Il resta longtemps ainsi, serrant cette paume pour consoler son visage, sans ouvrir les yeux qui gardaient au secret sa douleur comme une boîte fermée. Enfin, toujours brusquement, toujours les yeux fermés, il l'entoura de ses bras et l'attira contre lui.

Luisa ne lui opposa aucune résistance. Elle se laissa aller à cette étreinte, posa la tête sur son épaule et éclata en sanglots. Tout son corps en fut secoué, cage thoracique, épaules, bassin, jambes. C'était Paolo maintenant qui lui caressait les cheveux et elle pleurait, et plus Luisa pleurait plus il la caressait. Avec dévouement : sur la nuque, derrière les oreilles, sur le haut du crâne.

Enfin, le nez bouché, Luisa essaya de parler.

« Excusez-moi… Ce n'est pas juste… C'est vous qui… »

Elle avait mouillé sa chemise de larmes et de glaire.

« Non, non, dit-il sans cesser de lui passer la main dans les cheveux. Non. C'est normal. »

Et entourée des bras de Paolo, Luisa pleura, pleura comme elle ne l'avait jamais fait de toute sa vie. Elle pleura ses douleurs menstruelles assise sur le tracteur. Elle pleura les raviolis que sa plus jeune fille avait enviés et qui avaient fini à la poubelle. Elle pleura les chaussures d'homme que, depuis des années, en novembre et en avril, elle sortait de l'armoire pour les cirer. Elle pleura la petite fille qui avait trois ans avant et qui en avait six maintenant, et elle pleura son très beau prénom. Elle pleura ses enfants qui s'entendaient dire dans la cour de l'école : « Ton père est un assassin. » Elle pleura cet homme que, la veille encore, elle ne connaissait pas et par la bouche de qui sortaient des sons de souffrance. Elle pleura l'étreinte qu'il lui donnait. Elle pleura le compagnon de beuverie que son mari avait battu à mort par une nuit d'hiver, elle pleura son mari roué de coups par les collègues du deuxième homme qu'il avait tué. Elle pleura sa propre peur de jeune épouse au sommet de la montagne. Elle pleura la première fois où on l'avait invitée à danser, elle pleura le beau sourire dont elle était tombée amoureuse. Elle pleura les fouilles dans les antichambres des parloirs. Elle pleura le pédophile si gentil avec les enfants. Elle pleura sa jeunesse et son enfance, elle pleura le goût des pâtes aux oursins, elle pleura sa fille qui lui avait dit : « Ne t'inquiète pas. » Elle pleura parce qu'elle ne pleurait plus depuis l'âge de treize ans et parce qu'on n'avait plus caressé ses cheveux depuis l'âge de dix ans.

Quand elle commença à se calmer, Paolo la conduisit par les épaules jusqu'au matelas. Elle se laissa guider comme par un berger. Il alla ensuite prendre le fauteuil de barbier de l'autre côté de la pièce. Il était lourd et le repose-pied en fer racla désagréablement sur le carrelage. Ils se tournèrent tous les deux vers Nitti, mais le gardien était toujours immobile sur trois chaises. Il ne ronflait plus, pourtant.

Paolo approcha le fauteuil du lit de camp. Luisa était restée assise sans bouger au bord du matelas comme un pantin sans marionnettiste, seulement secouée de temps en temps par un sanglot. Une main sous sa nuque, il la fit s'allonger. Elle posa docilement la tête sur l'oreiller et glissa ses jambes sous la couverture de Maria Caterina. Paolo s'installa à côté d'elle sur le fauteuil de barbier et lui prit la main.

Les sanglots de Luisa se firent de plus en plus rares, comme les coups de tonnerre d'un orage chassé par le vent. Tout doucement, elle se calma.

Ils restèrent longtemps ainsi : elle couchée, lui assis, les yeux fermés tous les deux, unis seulement par la prise ferme de leurs doigts. Le carré de lumière de la fenêtre se détachait sur le carrelage et léchait les pieds croisés de Nitti. La pleine lune envoyait des reflets sur le cuir brillant de ses chaussures.

Paolo s'était laissé aller contre le dossier de son fauteuil. Il était tellement épuisé qu'il n'en sentait presque plus l'inconfort. Il ne repensa pas à la dernière fois où il avait serré une femme dans ses bras (sa sœur, à l'enterrement d'Emilia), où il avait caressé les cheveux d'une femme (Emilia, dans son cercueil) : le sommeil pesait sur lui comme une couverture hivernale et il désirait seulement céder à ce poids.

Il était sur le point de s'endormir quand Luisa lui demanda d'une voix nasale : « Pourquoi riiez-vous ? »

Paolo, du ton inquiet de celui qui est ramené au seuil de la conscience, s'écria : « Hein ?

— Quand nous avons eu l'accident. Tout de suite après. »

Paolo leva la tête pour la regarder en face.

« Je ne comprends pas…

— La chose de la marquise à poil. »

Luisa semblait parfaitement éveillée.

Paolo battit des paupières, ahuri. Il finit par se souvenir du jeu de mots du chauffeur. Il lui répondit d'une voix pâteuse : « Celle sur les miroirs ?

— Oui. Qu'est-ce qui était drôle si elle en avait vu une belle ? »

Paolo était désormais sorti de son demi-sommeil. Il la regardait, incrédule. Elle lui demandait vraiment de lui expliquer, maintenant, cette plaisanterie inepte ou plutôt saugrenue ? Il se souvint du mélange d'embarras et d'absurdité qu'il avait éprouvé dans le vestiaire de la piscine où il avait emmené son fils de trois ans. En changeant de maillot, son fils avait désigné le sexe de son père.

« Mon zizi aussi sera moche comme ça ? » lui avait-il demandé, inquiet.

Paolo aurait voulu le rassurer en lui disant que non, le sien serait toujours très beau, ou bien essayer de le persuader que le pénis d'un adulte n'est pas si horrible que ça, au fond. Mais il avait éclaté de rire, l'avait pris dans ses bras et couvert de baisers.

« Elle n'en avait pas vu une belle, répondit-il à Luisa. Elle en avait vu de belles. »

Elle garda le silence. Elle réfléchissait. Ses doigts avaient repris fermement possession de ceux de Paolo.

« Rien. Ça ne me fait pas rire. Je suis bête.

— Mais non. Ce n'est pas vrai », répliqua-t-il.

Luisa renifla une dernière fois.

« Mais si, au contraire. Je voudrais être intelligente moi aussi. Comprendre la philosophie.

— La belle affaire ! »

Luisa soupira, pensive.

« Bah. Maintenant il faut dormir, dit-elle.

— Oui, dit-il. Dormons. »

Se tenant toujours par la main, ils plongèrent tous les deux dans un profond sommeil, d'animaux en hibernation.

Alors seulement, Nitti ouvrit les yeux. Depuis combien de temps était-il là, en train de les écouter ?

*

Paolo et Luisa se frottèrent les yeux, les narines pleines d'une odeur piquante et amère. Le gardien était venu les réveiller avec du café. Maria Caterina avait rempli le thermos qu'il emportait toujours avec lui pendant ses services de nuit.

Il fit boire Luisa en premier, puis Paolo, et garda le reste pour lui. Le bouchon leur servit de tasse.

« Il est encore chaud », murmura Luisa.

Nitti montra le thermos.

« Qualité allemande. C'est ma belle-sœur qui me l'a offert. Elle s'est mariée à Stuttgart. »

Du carré de verre de la fenêtre venait une lumière éblouissante. Les nuages avaient été balayés. C'était une matinée de plein soleil.

« Je pourrais vous prêter des vêtements propres. » Nitti

fit signe à Paolo, puis à Luisa. « Nous faisons plus ou moins la même taille, nous deux. Ma femme est peut-être un peu plus petite que vous. Mais vous, les femmes, vous êtes fortes pour arranger les choses sur vous. »

Ils remercièrent mais dirent que non, ce n'était pas nécessaire. Ils allèrent dans la toute moderne salle de bains qui disposait de deux W.-C., un par personne, encore mieux qu'à l'hôtel, et en parfait état de marche. Ils en sortirent frais et dispos.

Ils entendirent retentir un klaxon. Puis, après une pause et un claquement de portière, la voix si reconnaissable, rugueuse comme les rochers de l'Île.

« Nitti ! »

Le gardien alla ouvrir la porte d'entrée.

Sur l'esplanade devant le Palais de Verre était garé un 4 × 4 du Quartier Central.

« Bonjour, Monsieur, fit le gardien.

— Les deux autres sont avec vous ?

— Bien sûr. Je ne les ai jamais quittés des yeux. »

Paolo et Luisa étaient apparus derrière lui et le directeur les dévisagea. Il semblait vouloir s'assurer qu'il n'y avait pas eu échange de personnes pendant la nuit.

« Hier, je suis passé ici et il n'y avait personne. Où étiez-vous ?

— C'était peut-être quand nous étions à l'épicerie. Ils devaient téléphoner chez eux. »

Paolo fit un pas en avant.

« Monsieur le directeur, vous le savez, nous avons été bloqués ici par le mauvais temps. Et pourtant, votre gardien ne nous a jamais laissés seuls. Il nous a surveillés comme si nous étions des détenus et non pas des visiteurs. Sachez que je me plaindrai au magistrat compétent. »

Le directeur le regarda avec des yeux dénués de toute expression.

« Ah ! Vraiment ? Je tremble pour ma carrière. »

Puis, il s'adressa à Nitti, comme si le sujet ne regardait ni Paolo ni Luisa : « Le bateau arrive vers midi. Le capitaine m'a téléphoné. Il dit que ça va secouer, mais qu'il vient quand même. Vous savez que je ne peux pas les garder une nuit de plus. »

Il pivota le buste et fixa Paolo dans les yeux.

« Parce que ce ne sont pas des détenus. Ce sont des visiteurs. »

Et sans ajouter un mot de salut, il tourna les talons, monta dans le 4 × 4 et s'en alla.

Les trois autres restèrent immobiles sur le pas de la porte jusqu'à ce que la voiture ait disparu, puis Nitti se dirigea vers Paolo.

« Je me plaindrai au magistrat compétent..., dit-il en ricanant. Mais comment ça vous est venu ? »

Paolo haussa les épaules.

« Je ne sais pas. Ça m'est venu comme ça. »

Ils n'avaient pas de bagages, ils avaient refusé les vêtements de rechange, ils étaient donc prêts à partir. Quand ils sortirent sur l'esplanade pour monter dans la jeep, le parfum du grand figuier les assaillit. Maintenant que le vent était tombé, son arôme se répandait partout, presque insupportable tant il était fort et doux. Paolo dut fermer les yeux à demi, saisi par sa force évocatrice. S'il avait dû dire quel était le parfum dominant de Framura, il aurait répondu sans hésitation : celui du figuier de leur petit jardin. Pour s'arracher au souvenir, il s'agrippa à la poignée et monta d'un bond dans la jeep.

Ils avaient parcouru quelques mètres de route entre les petites maisons blanches, quand Paolo – l'odeur du figuier toujours dans les narines – vit la mer. Il fut alors troublé par une soudaine pensée ou, mieux, par un éclair de lucidité.

Ces eaux qui entouraient l'Île, ce soleil qui en avivait les couleurs, ce ciel où volaient des oiseaux marins, c'étaient la même Méditerranée qui léchait les côtes de Framura, le même soleil qui les réchauffait, le même ciel qui s'était incurvé au-dessus de lui, Emilia et leur enfant du temps où ils étaient heureux. Et pour la première fois depuis qu'il venait ici, en visite à la prison à régime spécial, il ne vit plus cela comme un tour cruel du destin.

Même incompréhensible, peut-être insensé, il pensa que c'était un cadeau.

Le bateau arriva peu après midi. Maria Caterina avait apporté des boissons et des sandwichs à l'omelette.

Ils les mangèrent assis sur la jetée en regardant les vagues de la mer encore agitée qui frappaient le bord, les jambes pendantes comme des touristes quelconques à la fin de leurs vacances. De là, ils suivirent les opérations d'amarrage, le lancement des cordages, le bouillonnement de l'eau remuée par les moteurs arrière toute, la pose de la passerelle.

Quand ce fut l'heure d'embarquer, Paolo alla saluer Nitti. Il se rendit compte qu'il ne savait pas comment faire. Il n'arriva pas à dire « au revoir ». Il se contenta de lui serrer la main, puis il monta à bord, pressant le pas, gêné et déçu de n'avoir pas su exprimer ses remerciements.

Luisa aussi serra fort la main tendue par le gardien. Mais elle ne s'éloigna pas tout de suite. Elle resta debout devant lui en hésitant, elle soupira, ouvrit la bouche, puis finalement : « Écoutez, vous avez été très gentil avec nous. Et je voulais vous dire… »

Elle inspira un bon coup. Comme un boxeur avant de lancer son poing, ou un enfant avant une piqûre.

Elle dit d'une seule traite : « C'est triste quand une femme a peur de l'homme qui est dans son lit. »

Et après une pause : « Dites-le à votre femme, qu'elle ne doit pas avoir peur. »

Nitti la regarda comme une dorade qui se serait mise soudain à chanter.

Luisa ne lui donna pas le temps de trouver une réponse pertinente : en un clin d'œil ses jambes musclées avaient déjà franchi la passerelle et l'avaient portée à bord.

Elle non plus n'avait pas réussi à lui dire « au revoir ».

Le bateau leva l'ancre. L'agent carcéral Nitti Pierfrancesco, immobile tache grise sur le quai de pierre blanche, le suivit du regard pendant qu'il manœuvrait pour sortir du port, tournait sa proue vers le large, devenait tout petit sur l'horizon. Il gardait les yeux bien ouverts pour que tout le monde sache qu'ils étaient fixés sur l'embarcation qui s'éloignait. En réalité, il était comme un aveugle qui, même les paupières levées, ne voit rien et ne perçoit que les bruits. Et ce que le gardien de prison Nitti Pierfrancesco entendait, ce qui s'agitait dans son cerveau comme les vagues d'une tempête, c'étaient les paroles de Luisa. Jusqu'à ce que, tout comme le bateau qui n'était plus qu'un petit point entre ciel et mer, elles se réduisent à une seule.

Peur.

*

Mon cœur, vie de ma vie, tu as vraiment peur de moi ?

Toute la journée, ce fut comme s'il avait une arête de rouget dans la gorge, un piquant d'oursin dans la main, un clou dans le pied. Il dut cependant attendre le soir, la fin de son service, les consignes passées, le dîner préparé et mangé, les enfants endormis, avant de se trouver seul avec Maria Caterina.

« Qu'est-ce que tu as dit à cette femme ? lui demanda-t-il. Pourquoi m'a-t-elle parlé comme ça ? »

Ils étaient assis l'un près de l'autre à la table de la cuisine. Elle pencha la tête d'un côté.

« Qu'est-ce qu'elle t'a dit ?

— Que tu as peur de moi. »

Maria Caterina rentra les lèvres dans sa bouche comme une vieille femme édentée. Elle baissa le menton sur sa poitrine et le regarda par en dessous.

« Pas de toi. *Pour* toi.

— Qu'est-ce que ça veut dire ? Hein ? Qu'est-ce que ça veut dire ? »

Nitti avait haussé la voix, mais ce n'était justement pas de lui que Maria Caterina avait peur.

Elle lui parla, enfin.

Elle lui parla de toutes les fois où elle l'avait vu revenir à la maison avec de vilaines taches sur ses vêtements, sur ses chaussures, et même uniquement sur l'expression de son visage, ce qui du reste était la pire des taches. Elle lui dit qu'elle savait bien que tôt ou tard en prison il y a de sales histoires ; et que s'il rentrait de mauvaise humeur à la maison après une sale histoire c'était normal, c'était humain, qu'on le savait bien quand on épousait un gardien de prison. Mais que parfois il rentrait à la maison si silencieux, si sombre, si fermé, et il ne racontait rien, le nez dans son assiette, il n'arrivait même pas à regarder en face les enfants, et elle, elle se sentait mourir. Et ce qu'il lui cachait, ce n'étaient peut-être pas les sales coups des détenus, qui en feraient bien un par jour, c'est connu, et ce n'est pas pour rien qu'ils sont en prison, mais elle avait peur que ce soit plutôt…

Maria Caterina se bloqua. Elle baissa les paupières et resta un instant les yeux fermés comme une somnambule.

« … les choses que tu fais toi. »

Alors seulement, après avoir dit toute cette phrase, elle le regarda en face.

Lui ne la regardait pas. Il avait les yeux écarquillés mais tournés à terre. Il se taisait.

Maria Caterina poursuivit.

« Parle-moi, Pierfrancé. Je te promets : je n'ouvrirai pas la bouche, je ne dirai rien. Mais si tu ne parles pas avec moi, avec qui le feras-tu ? »

Le corps de Nitti était parfaitement immobile, mais à l'intérieur, dans sa tête, tout tournait dans un tourbillon si vertigineux qu'à côté le mistral de la veille aurait semblé très calme. Il repensait au jour où il avait fourré la tête d'un chamois dans les chiottes parce qu'il lui avait dit : « Suce-moi la bite, maton. » Au jour où il avait fait le guet devant la porte d'un bureau pour que personne n'entre pendant qu'un collègue donnait tout à son aise une leçon à un détenu qui le provoquait depuis des mois. Au jour où lui et trois autres gardiens avaient pris deux politiques qui ne voulaient pas filer droit, les avaient emmenés sur un rocher à pic sur la mer, avaient sorti leurs pistolets et simulé une exécution. À l'odeur de merde de l'un des deux qui s'était tout sali de terreur. Au jour où il en avait roué un de coups et que ses collègues avaient dû intervenir pour le lui enlever des mains. Au jour où il en avait tenu un bien solidement pendant qu'un collègue lui pissait dessus, et qu'il avait pris un peu de pisse sur son pantalon. Il le méritait, ce chamois, ça faisait des mois qu'il harcelait tout le monde, surtout les plus faibles, et d'ailleurs personne n'était intervenu pour prendre sa défense bien qu'ils se soient mis exprès dans la cour pour que tous voient son humiliation.

Au jour où il avait vu Maria Caterina pour la première fois, au jour où il lui avait fait l'amour pour la première fois.

À l'époque où il ne faisait pas ces choses-là.

À l'époque où il n'imaginait même pas ces choses-là.

À la sale odeur du sang et de la peur d'un homme tabassé.

Au désespoir immobile qui enveloppait certains détenus comme un cercueil, ce que la prison avait réellement de pire.

À la tête qu'elle aurait faite, elle, si elle avait su tout ça.

Son buste se plia en deux et sa tête tomba sur la poitrine de Maria Caterina, comme un arbre abattu par la foudre et qui s'écroule dans un champ de blé. Il écrasa son visage dans cette douceur si connue, si nécessaire. Et il comprit qu'il ne trouverait jamais les mots qu'elle lui demandait.

HAUTE MER

Le bateau traversa le Détroit et arriva sur la grande île un peu avant la tombée de la nuit. Accoster fut un soulagement pour tout le monde : on avait été très secoué, certains passagers avaient vomi. Luisa aussi descendit de la passerelle plus pâle que lorsqu'elle était montée. Paolo non. Quand il était petit et qu'il se rendait en car avec son père et sa mère chez ses grands-parents, il restait le nez plongé dans un livre malgré les tournants de la route sur la colline. Il n'avait jamais souffert de mal de mer non plus.

Le mistral avait bloqué les ferries la veille et plus aucun n'était sorti depuis celui qu'avaient pris Paolo et Luisa. Mais on les rassura à la capitainerie : un ferry avait levé l'ancre ce matin dans le grand port du Nord. Il ferait escale ici dans deux heures seulement, puis il repartirait pour la traversée nocturne. Le lendemain matin, ils se réveilleraient sur le continent.

Ils entrèrent dans le bar proche de la billetterie. Le sol était couvert de sciure et les petites tables en formica étaient pleines de taches. Une serveuse à l'air revêche vint les servir. Après un rapide café au comptoir, ils n'eurent pas besoin de se consulter pour savoir qu'ils voulaient sortir de là tous les deux.

La vérité était qu'ils n'avaient aucune envie de rester enfermés, malgré le vent. Ils s'abritèrent derrière un petit mur sur la jetée pour ne pas le prendre de face. Sans parler, ils ne quittaient pas des yeux la silhouette de l'Île, de l'autre côté du Détroit. Uniforme et sombre, elle se détachait sur le ciel d'où émanait encore une lumière diffuse. Seule une rangée de petites lumières mouchetait sa forme noire ; c'étaient sûrement les maisons du Quartier Central.

Il faisait presque nuit quand ils reconnurent au large les phares du ferry qui approchait. Ils les virent sillonner la mer couleur de plomb et devenir de plus en plus grands.

Alors seulement ils se souvinrent que leur billet de retour était daté de la veille. Ils devaient le changer avant le début des opérations d'embarquement. Ils se levèrent un peu étourdis par tout ce vent qu'ils avaient pris et coururent vers le quai.

Leurs réservations étaient pour le bateau annulé à cause du mauvais temps et l'employé ne fit aucune objection pour les changer. Paolo avait une cabine individuelle, Luisa seulement une place sur le pont. Comme à l'aller, elle comptait dormir dans un des fauteuils du salon central.

Paolo se pencha vers elle.

« Permettez-moi de vous offrir une cabine. Vous voyagez depuis trois jours, demain vous aurez encore une longue route avant d'arriver chez vous. Je ne veux pas que vous passiez la nuit assise.

— Mais non, ce n'est pas la peine. Je suis habituée à… »

Il la coupa.

« Luisa. Je sais que vous êtes habituée. À la fatigue. À être mal installée. Mais vous me feriez plaisir. Tellement. Je peux ? »

Elle baissa la tête. Elle essayait de cacher le sourire qui lui était venu intérieurement et dont elle se sentait comme irradiée. N'y parvenant pas, elle acquiesça.

« Nous prenons deux cabines individuelles », dit Paolo à l'employé qui avait commencé à donner des signes de somnolente impatience. L'homme se mit à détacher les billets, mais Luisa, sans regarder Paolo en face, posa une main sur le comptoir.

« Non. Excusez-moi. Pas deux individuelles. Une double. »

Paolo se retourna brusquement. Elle ne lui rendit pas son regard. Ses yeux étaient fixés sur l'employé, qui avait interrompu son geste et qui les toisait, irrité.

« Bref. Décidez-vous. Qu'est-ce que vous voulez ? »

Alors seulement Luisa leva les yeux vers Paolo. On lisait sur son visage l'audace et le triomphe d'une petite fille surprise en train de voler un gâteau, mais après l'avoir mangé en entier.

« Nous voulons une double », dit Paolo. Et il posa sa main sur celle de Luisa.

Ils se tinrent par la main pendant que le ferry accostait, pendant la descente des véhicules, quand on donna aux passagers le signal de monter. Ils restèrent main dans la main tout en faisant la queue au self dans le pont central et se détachèrent seulement pour prendre les plateaux et y poser la nourriture – pas grand-chose, aucun des deux n'avait faim. Ils mangèrent rapidement, puis nouèrent encore leurs doigts comme des fiancés. Ils regardèrent ensemble le journal télévisé (bombes, procès, un garçon frappé à coups de barre par des fascistes), ils sortirent sur le pont sans jamais lâcher leurs mains.

L'avant du ferry traçait un sillon dans la vague longue. À part les traînées d'écume éclairées par les phares, la mer était une vaste étendue noire sans limites, beaucoup plus opaque que le ciel avec ses étoiles pointues. On distinguait nettement la Grande Ourse, le large W de Cassiopée, et même la Voie lactée qui semblait vraiment indiquer le chemin comme une route.

Ni Paolo ni Luisa n'avaient l'air d'être pressés d'aller se coucher, mais pas réticents non plus. Aucun des deux ne se demanda si l'autre se sentait gêné. Aucun des deux ne l'était. Ils parlaient peu. Il leur suffisait d'être ensemble et de se tenir par la main. Ils ne se demandèrent pas mutuellement s'ils étaient fatigués, s'ils avaient envie de se reposer. Simplement, à un certain moment, ils descendirent l'étroit escalier du pont avant, traversèrent le salon du pont central, prirent le couloir des cabines, entrèrent dans la double qu'ils avaient réservée.

*

Ils ne s'étaient jamais posé la question de savoir comment ils se sentiraient allongés nus auprès d'une personne différente de celle qu'ils avaient épousée. Paolo, parce que le corps de sa femme lui avait toujours donné un tel plaisir que l'idée ne lui semblait pas recevable. Luisa, parce que la question, simplement, ne se posait pas pour elle.

La mort et les arrestations ne changèrent pas les choses. Cela resta une éventualité impensable. À tout le moins, par manque d'espace mental : la douleur avait pris possession de Paolo, pour Luisa c'était la fatigue.

La seule exception à cela dans la vie de Paolo fut le jour où, assis à l'extérieur de la salle d'opération, il attendait la fin de la seconde, et inutile, intervention intestinale d'Emilia. Brusquement, il fut pris d'une sorte de furieux ressentiment contre sa femme qui allait mourir et le laisser seul. Pendant un instant vertigineux, Paolo la détesta. Mais à ce moment-là, une infirmière arriva pour lui annoncer la fin de l'opération. Toute la colère de Paolo fondit dans un flot aigu de désir pour la chair de cette fille, si jeune, si saine, et il eut une érection. Le souvenir de cet épisode, dont il ne parla bien sûr à personne, le fit longtemps frémir de honte. Il lui donnait pourtant aussi une sorte d'exaltation. Comme si une voix archaïque et prémorale, mais très convaincante, lui avait fait savoir : *Toi, tu es vivant.*

Luisa était arrivée vierge au mariage, comme il était juste et normal. Ses amies déjà mariées lui avaient dit de ne rien attendre d'extraordinaire de sa nuit de noces. Elle avait dix-huit ans, son mari dix-neuf. Lui non plus n'avait jamais touché une femme. Ce fut donc un soulagement pour tous les deux, ce soir-là, quand l'affaire put se dire conclue. Et par la suite, les choses ne s'améliorèrent pas beaucoup : ses gestes à lui se limitèrent toujours à l'essentiel, et qu'elle en fasse, elle, était inimaginable.

Pourtant, les premières semaines, même au cours de ces frustes et élémentaires rapports, Luisa avait parfois éprouvé des sensations inconnues. De brusques émotions de sa chair. Pas vraiment du plaisir, mais comme un écho. Une langueur. L'intuition indistincte d'un possible et intime dialogue entre son propre corps et celui de son mari. Quelque chose qui, soutenu et nourri, aurait pu conduire à un assouvissement, peut-être même à une profondeur.

Dans ces moments-là, Luisa, son mari dans ses bras, souriait.

Mais personne n'avait jamais dit à Luisa qu'une femme peut jouir en même temps que son homme. Personne n'avait jamais dit à son mari que faire jouir sa femme donne une grande plénitude et un grand pouvoir à un homme. Bref, aucun des deux n'apprit rien de l'autre. Pour ne pas être chaque fois déçue, Luisa cessa presque d'écouter ces sensations. Son corps devint sourd et aveugle. Son mari resta seul avec ses propres mouvements. Et avant même les coins des buffets et les pommettes éclatées, et avant tout ce qui vint ensuite, le lit conjugal se réduisit à un lieu non pas d'amour mais de physiologie.

Ni Paolo ni Luisa n'avaient donc jamais imaginé leur propre corps nu à côté de celui de quelqu'un d'autre. Mais il y avait aussi autre chose qu'ils n'avaient jamais su. Qu'il pût exister un amour loin de la terre ferme du quotidien, à des milles et des milles de la côte des projets. Un amour qui, tel un bateau de haute mer, est seulement entouré d'une étendue infinie de caps possibles que pourtant, on le sait déjà, ni les circonstances ni le temps ne permettront d'explorer. Et cependant, il n'est pas moins réel, moins profond que les amours solidement ancrées au rivage.

Un amour en haute mer.

*

Les deux couchettes étaient l'une au-dessus de l'autre. Ils utilisèrent celle du haut pour poser leurs vêtements et dormirent en dessous, enlacés.

Quand Paolo ouvrit les yeux, il faisait jour depuis un moment. Il se retrouva seul dans le lit. Luisa s'était rhabillée, sa jupe couvrait les jambes qu'il avait caressées. Elle était debout en train de fouiller dans son pantalon. Il l'observa en silence. Ses gestes étaient très déterminés, elle cherchait quelque chose. Elle le trouva : le portefeuille de Paolo d'où elle sortit la coupure de journal. Quand elle vit qu'il était réveillé lui aussi, elle lui sourit, nullement gênée d'être découverte en train de fouiller dans ses poches.

Elle s'assit à côté de lui sur le bord de la couchette qui gardait leur odeur. Elle tint la feuille dépliée et la fixa longuement, comme si elle voulait l'apprendre par cœur. Le pli du papier traversait le buste de la petite fille. Très soigneusement, Luisa posa la coupure sur sa jambe et la lissa comme on fait avec une taie avant de glisser l'oreiller à l'intérieur. Paolo vit que Luisa avait pris aussi son propre portefeuille ; il était à côté d'elle, sur la couverture.

Luisa leva les yeux vers lui en brandissant la photo de la petite fille comme un drapeau.

« C'est moi qui la porte maintenant », lui dit-elle.

C'est bien ça qu'elle dit. Non pas *je garde.* Non pas *je conserve. Je porte.* Comme on dirait à un compagnon de route en prenant sa charge pour un bout de chemin.

Elle n'attendit pas qu'il lui donne la permission. De ses doigts forts qui avaient beaucoup travaillé, Luisa replia le morceau de papier et le glissa dans son portefeuille.

ÉCLAIRCIE

Île de ..., le 1979

À l'officier commandant :

Je vous informe de ce qui suit : en référence au rapport envoyé le jour 3 m.c. concernant la révolte du 2 m.c. provoquée par les détenus de la 1re section de la prison à régime spécial (loi 354/1975) dont je suis le chef de secteur,

Je vous informe qu'à la suite des engins rudimentaires faits exploser par les détenus révoltés et de leurs mains mêmes, avec des barres de fer prises aux lits de camp, il a été détruit ce qui suit :

40 petites armoires verticales, 40 petites armoires horizontales, 20 télés, 20 lavabos, 20 waters à la turque, 18 portes de toilettes, 20 fenêtres, 20 serrures de grilles intérieures, 15 serrures de grilles extérieures, 50 petites tables, 50 escabeaux, installation électrique et installation hydraulique dans les cellules (ce qui a causé des inondations), ont été détruits en plus 100 pantalons, 100 couvertures, 120 draps, 51 oreillers, avec les taies, ont été détruites en outre l'isolation du plafond de 18 cellules qu'ils ont occupées et l'isolation du plafond des salles d'activités. Concernant la liste susmentionnée, j'ai estimé devoir faire le compte des dégâts, inventoriant le tout pour envoyer le montant aux responsables et le porter à votre connaissance.

Le brigadier-chef du secteur (SIGNATURE)

Pour examen et confirmation :
Le sous-officier matricule (SIGNATURE)

*

Paolo n'arrivait pas à s'endormir. Le dernier journal télévisé avant la fin des émissions s'ouvrit sur la bombe du magasin Standa de Vercelli. Par chance, il n'y avait pas eu de blessés. Il n'y avait pas eu de revendications. Les actualités avaient continué avec une autre bombe, qui n'avait pas explosé cette fois-ci, sur les voies ferrées de la Versilia. Des témoins oculaires rapportaient qu'ils avaient remarqué une femme avec un fort accent étranger.

Paolo se leva du canapé pour changer de chaîne. Il appuya sur les boutons, errant entre les minuscules stations locales jusqu'au moment où il tomba sur une image insolite : une jeune fille en combinaison qui se tenait à un poteau en souriant, ses vêtements éparpillés au sol.

À côté d'elle, un animateur moustachu lisait une question sur le bloc-notes qu'il tenait à la main. Lui n'avait pas du tout l'air de vouloir se déshabiller, au grand soulagement des spectateurs, étant donné son embonpoint disgracieux. La sonnerie amplifiée d'un téléphone résonna dans le studio, puis une voix métallique qui donna la réponse à la question.

Elle était exacte.

L'animateur félicita le spectateur qui avait appelé de chez lui et deviné. Une petite musique triomphale se déclencha, ce qui poussa la belle jeune fille à faire une chose que Paolo n'avait jamais vue jusque-là à la télé : elle enleva sa combinaison et la fit tomber sur le tas de vêtements. Restée en slip et soutien-gorge, elle adressa au monde un éblouissant et granitique sourire.

Avant l'interruption publicitaire (pour une marque d'ameublement), l'animateur fut soulevé d'enthousiasme. Ses yeux brillèrent, sa moustache frémit, sa graisse vibra sous sa chemise, et regardant fixement le public dans l'écran – c'est-à-dire Paolo – il scanda : « Nous sommes contre l'éros triste. Nous démythifions l'éros, nous jouons avec, nous le dédramatisons. Jouez avec nous à Pyjama Sauvage ! »

Démythifions. Dédramatisons.

Quels mots étranges !

Paolo ne les avait jamais entendus avant, à la télé.

Un jour, lors d'une visite, son fils lui avait raconté une histoire qui s'était passée dans l'aile à régime spécial, tout de suite après la découverte du corps de l'homme politique enlevé. Le moment le plus terrible, menaçant et sombre de ces années-là. Parmi les détenus, les membres de l'organisation qui l'avait tué n'excluaient pas l'éventualité d'être exécutés de façon sommaire par mesure de rétorsion. Ils ne pouvaient pas ne pas penser à ce qui venait de se passer en Allemagne, dans la prison de Stammheim.

C'étaient des hommes qui avaient envisagé de mourir. Personne, jamais, n'imaginait sa propre vieillesse.

Beaucoup d'entre eux avaient vu tomber, sous le feu des forces de l'ordre, des camarades auxquels ils étaient unis par des liens d'amitié si ce n'est d'amour. Et pourtant, l'idée de voir leur cellule envahie par un commando paramilitaire, d'être abattus d'une balle dans la tête durant leur sommeil – ils savaient que l'exécution se déroulerait comme ça, certainement pas de jour – provoquait en eux une terreur presque insoutenable.

Leurs nerfs ne parvenaient plus à supporter ce mélange d'incertitude, d'ennui et de tension. Pendant ces semaines terribles, à chaque bruit inhabituel, chaque coup au judas, chaque silence prolongé, ils étaient persuadés qu'on avait donné le feu vert à l'action, que leur dernière heure était arrivée. L'adrénaline inondait leur sang, leur tension artérielle montait, leur cœur commençait à battre la chamade.

La chose se répétait d'innombrables fois par jour, et encore plus la nuit. Se préparer au danger aurait d'ailleurs été presque inutile. L'ignorer, impossible. S'ils ne voulaient pas devenir fous, c'était la seule solution : la tourner en dérision.

Mais comment ? Un jour, pour faire le malin, l'un d'entre eux avait simulé une irruption avec force hurlements et faux passe-montagne sur la tête (un vieux pull), et un camarade de santé fragile avait failli faire un infarctus. Personne n'avait ri. Ils se dirent alors que, si vraiment l'État était en train d'organiser une offensive éclair de justiciers, l'objectif principal serait sûrement le chef de l'organisation. C'était lui qu'ils supprimeraient en premier, sans aucun doute. Ses cinq compagnons de cellule décidèrent donc que c'était lui qui ferait les frais de la plaisanterie.

Cette nuit-là se déroula calmement, autant qu'il est possible dans une prison. Aucun commando assassin, aucune escouade spéciale n'avait ouvert le feu pendant leur sommeil : le matin ils étaient tous encore en vie. Quand le chef de l'organisation se leva, il vit une ligne ininterrompue de petites flèches dessinées sur le mur. Elle allait de la porte de la cellule à son lit de camp. Les flèches indiquaient clairement le chemin pour arriver, et viser, sur une tête. La sienne.

« Le chef c'est toi et pas nous, lui expliquèrent ses compagnons de cellule. Si les autres viennent pour t'exécuter sommairement, on ne voudrait pas qu'ils aient du mal à te trouver. Ça nous emmerderait drôlement, s'ils devaient se tromper de personne. »

Il essaya d'effacer les petites flèches, mais toutes les nuits ses compagnons de cellule les redessinaient. Il dut se résigner à dormir comme ça, en cible vivante, pendant des semaines. Puis l'alerte passa et on comprit que, du moins pour le moment, personne ne serait exécuté.

Paolo était sorti de bonne humeur de cette visite au cours de laquelle son fils lui avait raconté cette histoire. Ceux qui sont capables de faire des blagues au milieu de l'horreur sont encore pleinement humains. Et face à la fièvre du dogme, il n'y a pas de meilleur remède que le rire. Ce fut la première fois que Paolo pensa qu'il y avait peut-être encore de l'espoir pour son fils.

Dédramatisation. Démythification.

Des mots salvateurs, quand on est en pleine tragédie. Mais quel drame y avait-il chez une jeune fille en slip,

Paolo ne le comprenait vraiment pas. Il se leva de nouveau et éteignit la télé. Il se laissa retomber sur le canapé et resta sans bouger pendant un bon moment.

Le rapport de l'autorité pénitentiaire était là, ouvert, sur la petite table devant lui. L'avocat de son fils le lui avait fait suivre. Il le prit. Le relut.

Quelle méticulosité dans l'inventaire stylé du chef de section ! Quelle étrange douceur, quel inéluctable bon sens ! Ce qui ne s'était sans doute pas beaucoup vu au cours de la révolte qui avait provoqué pareil saccage.

Elle avait duré un peu moins de vingt-quatre heures. Aussitôt après, la prison de haute sécurité, presque entièrement détruite, avait été fermée. Les détenus, qui s'étaient rendus uniquement à la suite de longues tractations, avaient été transférés dans d'autres pénitenciers à travers le pays.

Lorsque Paolo avait appris la révolte, d'abord par les habituels tapageurs, implacables, maudits journaux télévisés, puis par le coup de fil de l'avocat, sa première pensée avait été : *Lui ont-ils fait du mal ?*

Dès qu'il sut que non, son fils n'était pas blessé, sa deuxième pensée fut : *Luisa et moi irons en visite dans des prisons différentes et nous ne nous verrons plus.*

Et au fur et à mesure que les jours passaient, que la révolte disparaissait des actualités, que les détenus étaient transférés et que tout le monde poussait un soupir de soulagement car, à part un gardien frappé d'un coup de couteau au bras, la chose avait été moins brutale qu'on ne le craignait, Paolo s'aperçut qu'il n'arrivait pas à cesser de penser : *Je ne la reverrai plus.*

Quand le ferry où ils avaient passé la nuit ensemble était arrivé dans la grande ville portuaire, ils en étaient descendus côte à côte comme un couple quelconque. En débarquant sur le quai, il lui avait donné le bras et il avait porté son sac.

Ils étaient allés à la gare, ils avaient consulté les horaires ensemble. Ils avaient acheté leurs billets. Ils avaient déjeuné au bar d'un café au lait et d'un croissant, puis ils avaient attendu le départ de leurs trains : celui de Paolo en direction du nord-ouest, celui de Luisa vers le nord-est.

Ils n'avaient pas échangé leurs adresses ni leurs numéros de téléphone. Mais, jusqu'au moment de se séparer, ils n'avaient jamais cessé de se tenir par la main.

La télé était éteinte depuis un bout de temps déjà. Dehors, derrière la fenêtre, bourdonnait le silence de la nuit en ville. Paolo n'aurait su dire quand il décida de se lever du canapé et d'aller au téléphone dans l'entrée. Il se vit simplement en train de composer le numéro des renseignements, après avoir vérifié au début de l'annuaire qu'il était en service vingt-quatre heures sur vingt-quatre.

Luisa lui avait dit son nom de famille et aussi comment s'appelait le hameau où elle vivait. Paolo transmit ces données à l'aimable dame à l'autre bout du fil.

Après une courte attente, on lui dicta un indicatif et un numéro de téléphone. Paolo les transcrivit sur le bloc-notes qui pendait à une cordelette sur le mur avec un stylo-bille. Il remercia. Raccrocha. Arracha la feuille.

Comme ça a été facile.

Il mit trois jours à se décider.

Chaque fois qu'il était sur le point de l'appeler, il se disait : *Non, maintenant elle fait à manger. Pas maintenant non plus, elle doit travailler dans les champs. Maintenant peut-être qu'elle se repose, je ne voudrais pas la déranger. Maintenant c'est dimanche, elle est sûrement à la messe. Je ne vais pas la déranger et puis, pourquoi ? Avec tout ce qu'elle a à faire.*

Quand il trouva enfin le courage, cette voix qu'il lui semblait connaître depuis toujours lui répondit : « Allô ? »

Il retint sa respiration un instant avant d'arriver à parler.

« Luisa.

— Non, je suis Anna. Sa fille. » Elle avait dû mettre la main sur le récepteur, car son cri parvint étouffé. « Maman, c'est pour toi ! »

Une pause, puis : « Je ne sais pas. Quelqu'un. »

Le bourdonnement du combiné qui changeait de mains.

« Allô…

— Luisa.

— Qui est à l'appareil ?

— Paolo. »

Un petit cri : « Paolo ! Ah, tant mieux ! »

Il ne s'attendait pas à ce « tant mieux ». Il lui donna une soudaine légèreté.

« Je t'ai tellement cherché ! continua Luisa. Je suis même allée au bureau de la compagnie de téléphone pour trouver ton numéro. Mais vous êtes cinquante avec le même nom… »

Paolo ne s'en rendait pas compte, mais son visage était fendu en deux par un sourire.

« Dans ton village, en revanche, tu es la seule Luisa.

— Où ont-ils envoyé ton fils ?

— À Bad'e Carros. Et ton mari ?

— À Porto Azzurro. »

Ils se turent. Ils écoutèrent leur respiration respective. Ils se souvenaient surtout du silence : pas de gêne mais de réconfort.

« Écoute, dit-elle ensuite. Ça fait des jours que je veux te dire quelque chose. Je l'ai comprise !

— Quoi ?

— La blague de la marquise.

— Celle des miroirs ?

— Oui. J'y ai beaucoup réfléchi, tu sais. Je n'arrêtais pas d'y penser parce que je ne la comprenais pas. Et puis, il y a quelques jours, tout en cousant, je l'ai comprise. Je continuais à penser qu'elle disait : "J'en ai vu une belle." Forcément, ça ne me faisait pas rire ! Et en fait non, elle dit : "J'en ai vu de belles." Quelle idiote !

— Je t'ai déjà dit que tu n'es pas idiote.

— Non, pas moi. » Il lui était venu une sorte de joie dans la voix. « La blague. La blague est idiote.

— Ah oui. Ça c'est vrai. Elle est vraiment très bête. »

Luisa souffla fort par le nez et se mit à glousser.

« La plus bête que j'aie jamais entendue. »

Paolo aussi sentait monter comme un chatouillement dans sa gorge.

« Et même pas tellement drôle.

— En effet. Elle ne fait même pas rire.

— Non. Pas du tout… »

Et pourtant, ils riaient tous les deux, ils riaient à gorge déployée, ils riaient en faisant du bruit. Ils riaient comme deux vieux époux qui ont élevé ensemble leurs enfants et vu leurs petits-enfants devenir grands. Ils riaient comme s'ils étaient sûrs de se réveiller le lendemain dans le lit où ils avaient dormi enlacés pendant cinquante ans, sa poitrine à lui, couverte de poils blancs, collée contre son dos à elle, maintenant parsemé de taches mais qu'il aimait autant qu'à l'époque où il était lisse comme de la soie. Ils riaient comme un homme et une femme qui se regardent dans les yeux et voient défiler devant eux les années, les mois, les jours, les heures qu'ils ont partagés.

*

Tout le reste de sa vie, chaque fois que Paolo repensa à ce dernier fou rire avec Luisa, il sentit une démangeaison monter dans sa gorge, une intense hilarité irrationnelle. Et puis aussitôt, chaque fois, un autre souvenir lui revenait, comme si celui-ci et sa rencontre avec Luisa étaient deux étoiles jumelles : il ne pouvait pas pointer le télescope de sa mémoire sur l'un sans voir apparaître l'autre.

C'était un épisode de l'enfance de son fils, à Framura. Ils étaient en train d'explorer tous les deux un tunnel désaffecté de la vieille ligne de chemin de fer qui courait le long de la côte. Au-delà du petit cercle de lumière de la torche, l'obscurité était totale. Ils étaient déjà très loin de l'entrée et n'avaient aucune idée de la distance qui les séparait de la sortie. Ils avançaient en trébuchant. Son fils devait avoir huit ans – il serrait fort les doigts de Paolo, enveloppés dans la paume de sa petite main. Pour se débarrasser de la peur, ils s'étaient mis à crier.

« Coucou ! hurlait le fils.

— Tataaaa ! » hurlait le père.

Et la voûte étroite du tunnel, invisible dans tout ce noir, répondait de son écho.

Brusquement, ils perçurent une vague clarté devant eux. Elle n'avait pas la silhouette unique en ogive qui indiquait l'extrémité d'un tunnel. Au fur et à mesure qu'ils s'approchaient, la lueur devint de plus en plus forte jusqu'au moment où ils arrivèrent à sa source : une ouverture sur le côté droit du tunnel, celui qui donnait sur la côte. Elle était obstruée par des pierres et des détritus, mais en se frayant un passage avec leurs mains et leurs genoux ils parvinrent à déboucher à l'extérieur.

C'était une journée de soleil et ils restèrent un instant immobiles, aveuglés par la forte lumière, en se protégeant les yeux. Quand ils retirèrent leurs doigts de leur visage, ils virent où ils étaient arrivés : un élargissement précaire, plein de broussailles et de caillasse, en surplomb sur la mer.

À pic au-dessous d'eux, les vagues grondaient sourdement en frappant la muraille de ciment qui renforçait le ballast du vieux chemin de fer. Encore un pas et ils seraient tombés dans ce bouillonnement blanc à quelques dizaines de mètres plus bas. Mais le père tenait solidement son fils par les épaules et le fils s'appuyait contre le corps de son père. Ils regardèrent longuement l'écume de la mer qui frappait les rochers à leurs pieds. Ils n'avaient pas peur.

Ni le père ni le fils ne connaissaient la longueur totale du tunnel. Pour rentrer chez eux, ils devraient y retourner et recommencer à avancer presque à tâtons. Mais maintenant, c'était une éclaircie. Maintenant, ils étaient là, dans cette lumière, dans ce vent, hauts sur la mer.

Et, plus tard, chaque fois que Paolo repensait à cet instant, tout en sachant que ce n'était qu'une superposition de la mémoire, il entendait à nouveau la voix de son enfant qui prononçait les mots qu'en réalité, bien des années après, Luisa reprendrait : « On dirait du lait. Ou plutôt de la crème. Ou plutôt non, on dirait de la mousse de bière. »

TRENTE ANS APRÈS

Avant la fermeture de la prison de haute sécurité qui suivit la révolte, le gardien de prison Nitti Pierfrancesco fit une demande auprès de l'administration pénitentiaire afin d'être affecté à des tâches administratives pour raison de santé.

La demande fut rejetée. L'année suivante, Nitti subit une opération chirurgicale pour des ulcères à l'estomac, dont un perforant. À son retour de convalescence, il présenta à nouveau sa demande. Cette fois-ci, elle fut acceptée.

Depuis qu'il est à la retraite, il vit avec sa femme dans une maison de l'autre côté du Détroit. Des fenêtres de la salle à manger, on voit l'Île. Les structures carcérales sont à l'abandon. L'endroit a été transformé en parc naturel. Dans quelques mois, Maria Caterina et lui seront grands-parents pour la troisième fois.

Six ans après cette visite sur l'Île, le mari de Luisa est mort d'un infarctus dans la prison de Fossombrone.

Depuis quelques années, Luisa a une liaison avec un ami d'enfance devenu veuf : tous les vendredis soir il l'emmène danser puis il passe la nuit chez elle. Il lui a demandé plusieurs fois de l'épouser, mais elle n'est pas intéressée.

Luisa n'a plus d'animaux. Comme tout le monde dans le village, elle cultive maintenant des pommes. Elle a changé souvent de portefeuille, le dernier lui a été offert pour Noël par un de ses neuf petits-enfants (elle a même un arrière-petit-fils). Dans une des poches intérieures est rangée une coupure de journal datant d'il y a trente ans, jaunie, et qui tient avec du scotch pour éviter qu'elle ne s'effrite.

Le fils de Paolo, après avoir purgé seize ans de prison et huit de semi-liberté, est devenu l'un des fondateurs d'une coopérative de réinsertion sociale et solidaire des anciens détenus. Il s'occupe aussi du classement des huit mille volumes environ de son père, qui les a déjà légués par testament à la bibliothèque de la prison de la ville.

Bien des années après son arrestation, les procès et les condamnations définitives, alors qu'il était encore en prison, il a écrit à titre privé aux parents de ses victimes, dont la petite fille – adulte maintenant – de la photo. Malgré les propositions de divers journaux, il n'a jamais donné d'interviews, ni à cette occasion-là ni par la suite.

Père et fils vivent ensemble.

REMERCIEMENTS

Chaque histoire a ses amis. Le premier a été Giovanni Fasanella, avec son inégalable compétence sur les fameuses « années de plomb ». Puis, il y a eu Riccardo Dello Sbarba, Silvana Gandolfi, Marco Vigevani et Claire Sabatié-Garat. Et, comme toujours, comme pour tout, Carlo.

Pour écrire ce livre, j'ai recueilli les témoignages de nombreuses personnes : anciens gardiens de prison, anciens terroristes, anciens détenus de prisons de haute sécurité, magistrats, parents des victimes de la violence politique.

Quelques-uns ont des noms connus de ceux qui ont suivi les événements de cette époque, mais la plupart non ; tous en portent encore des traces douloureuses et indélébiles.

J'éprouve une énorme gratitude pour la confiance qu'ils m'ont témoignée en me racontant des événements très difficiles à évoquer. Mais je préfère ne pas les nommer – eux savent qui ils sont.

Non seulement parce que aucun des personnages ne correspond à des personnes ayant réellement existé ; non seulement parce que les faits relatés sont uniquement le fruit d'une réélaboration imaginaire de cette époque ; mais surtout pour qu'il soit clair que la responsabilité d'éventuelles inexactitudes et imprécisions, sans parler des opinions qui sont exposées ici, est seulement mienne.

Composition : IGS-CP à L'Isle-d'Espagnac (16)
Achevé d'imprimer par CPI Firmin Didot,
le 23 janvier 2015.
Dépôt légal : janvier 2015.
Numéro d'imprimeur : 126360.

ISBN : 978-2-07-013945-3/Imprimé en France.

247665